Dighénis

Les personnages :

Dighénis, seigneur de Cilicie, gouverneur de Bâlis et d'Adana

Marcos, chypriote, compagnon d'armes de Dighénis

Louis IX dit Saint Louis, roi de France.

Al-Malik ad-Dîn Baybars, émir et sultant d'Egypte, nommé aussi Baybar l'arbalétrier

Plaisance d'Antioche, reine de Chypre

Sybeline, cousine de la reine Plaisance d'Antioche

Jean d'Ibelin, comte de Jaffa et d'Ascalon, bailli de Jérusalem

Thorus, chevalier d'une ancienne maison de renom

Héthoum Ier, roi d'Arménie de 1226 à 1270, fils de Kostantin, seigneur de Barbaron et d'Alix de lampron. Roi félon

Chapitres

Chapitre 1. Le prince Nasir

Dighénis regardait l'étendue des terres. Forets, champs et vergers composaient une large mosaïque dans la vallée. Des paysans semaient le blé, travaillant paisiblement à féconder cette terre. De lourds buffles paissaient l'herbe grasse de cette saison pleine de vie. Une rivière coulait proche, sa force laissait entendre un perpétuel murmure. Un serpent d'arbustes et de verdure en laissait sa trace ondulante dans le paysage. Elle avait la fraîcheur et la force des hautes chaînes montagneuses du Taurus qui laissaient apercevoir au loin leurs sommets, chapeautés de neiges éternelles. Le soleil lançait ses premiers rayons matinaux, avant qu'il ne monte plus haut dans le ciel de Cilicie.

Assis sur un large bloc de pierre, dans ses habits de toile fine, Dighénis sentait la main froide de la fraîcheur matinale se poser sur son corps, puissant et émoussé des années passées. Dighénis regardait les montagnes du Taurus, songeur. Depuis plusieurs lunes, des voyageurs colportaient des nouvelles préoccupantes. La menace d'incursions de peuples venus d'Orient se confirmait avec plus de force chaque jour. Des interrogations se faisaient jour. Dighénis, seigneur de Cilicie, gouverneur de Bâlis était un chevalier inquiet. Deux années s'étaient écoulées depuis qu'il était revenu de ses périples dans de lointaines contrées. Il y avait fait ses armes, sa force et son honneur au nom des princes ou de lui-même. Il y avait vécu les épreuves les plus dures et les combats les plus rudes auprès de compagnons fidèles, nombreux étaient morts que vivants. Dighénis ne voulait plus revivre cela.

Dighénis se leva, il restait de nombreuses tâches à accomplir en son domaine. Il devait finir les travaux d'assèchement et de drainage des marais au sud avant la venue de l'hiver. Les travaux de la terre ne l'avaient jamais indigné au regard de son statut de chevalier. Privilégié par la nature et ses aïeuls, Dighénis connaissait trop bien la richesse de la terre pour ne pas savoir qu'elle était indispensable à chacun pour y vivre. Il entretenait son domaine avec l'ambition d'y nourrir chacun de ses sujets. Depuis plusieurs semaines, Dighénis et ses travailleurs œuvraient à assainir les sols et canaliser la source qui inondait des étendues marécageuses. De ses terres inhospitalières, Dighénis ferait naître jardins, vergers et maraîchages.

Un cavalier chevauchait à brides abattues vers Höyük, village du nord de la Cilicie, au pied des monts du Taurus. Dans sa course, le cavalier ne faisait aucune attention aux paysans et badauds marchant le long des chemins, ceux-ci s'écartaient ou se jetaient sur les bas-côtés pour ne pas être frappés par l'animal en plein chevauchée, couvert de poussières et de sueur.

Le village dans lequel Dighénis faisait autorité apparut au cavalier. Une grosse grappe d'habitations s'accrochaient à une large élévation rocheuse qui dominait la plaine grasse et fertile. Le cavalier s'engagea sur l'unique chemin pierreux permettant d'accéder au village.

Dès que le cavalier qui se nommait Thaurus mit pied à terre, des enfants et des femmes s'approchèrent, curieux de sa venue.

- Où se trouve votre maître Dighénis ? leur grogna t'il.

Il y eut un temps de silence, tous et toutes l'observèrent avec intérêt, sans pour autant répondre à sa question.

- Je viens de loin porter des nouvelles à votre seigneur, précisa t'il fermement.
- Je vais vous conduire auprès de lui, répondit la voix cristalline d'une jeune paysanne.

Elle lui indiqua d'un léger signe de la main de la suivre. Les autres paysannes qui virent leur entreprenante consoeure accompagnée le chevalier Thaurus pouffèrent de rires moqueurs, gloussèrent, un peu envieuses.
Malgré les traits fatigués, Thaurus dégageait force et puissance de ses épaules larges et de sa tenue. Il avait les cheveux mi-longs et ondulés, son visage était tanné par le soleil et recouvert d'une couche fine de poussière, celle des chemins de Cilicie.

Thaurus était issu d'une ancienne et honorable lignée. Hier, sa famille avait assuré les plus hautes fonctions et exercé une haute autorité, aujourd'hui, il n'était plus que le protecteur d'un village. Sa famille avait été injustement accusée de traîtrise une génération auparavant. Ses parents et ses oncles avaient péri dans une lutte acharnée, dépossédés jusqu'au dernier arpent de terre, ôtés de tous les privilèges de leurs rangs.

Thaurus connaissait la vérité, si différente de la réalité. Le temps avait passé et enseveli la mémoire des événements. La seigneurie familiale avait été accaparée par de plus grands seigneurs et partagée entre tous. Thaurus restait l'unique représentant et témoin. Il ne restait que l'empreinte d'un renom qui risquait de disparaître mais il luttait avec force et rage, il œuvrait avec intelligence pour son parti. Dighénis et Thaurus s'étaient connus de nombreuses années auparavant aux portes d'Antioche dans la fureur et l'âpreté des combats. Le courage et la bravoure conduisirent leurs bras armés en ses temps troublés. Ils n'avaient eu que peu d'opportunités de se revoir depuis.

- Dighénis, des hommes venus de lointaine Syrie, avait commencé Thaurus, avant de se voir interrompu.
- De lointaine Syrie ! N'aurais-tu pas assez vécu ou voyagé pour parler ainsi de lointaine Syrie. C'est méconnaître l'étendue des terres ! s'exclama Dighénis moqueur.
- Je n'ai pas l'expérience de tes périples, mais garde-toi de penser que je manque de jugement. Je viens avec des nouvelles que tu ignores, l'avertit Thorus.

Thaurus avait des raisons sérieuses pour avoir parcouru tant de chemins. Dighénis le laissa poursuivre.

- Je chevauche depuis trois jours, et je viens t'instruire que des hommes d'armes, venus d'Alep, clament un spectre pire que les fléaux de la Bible.
- Qu'est-ce donc ce malheur qui te fait parler ainsi du Livre ? interrogea Dighénis que le regard sombre de Thaurus troublait, ne le sachant point nature à s'alarmer pour peu.
- Des mongols ont été aperçus au nord de la Syrie, ils arrivent nombreux.

- Nombreux ! C'est-à-dire, des caravanes de marchands ? des combattants ? parle, assura Dighénis.
- Les avant-gardes d'armées mongoles que certains disent immenses. Des centaines de cavaliers puissamment armées déferlent sur les villages et villes sans défense et Malatya aurait été prise.
- Méfiance aux paroles rapportées par autrui, elles sont souvent nées de l'esprit, assura Dighénis. Pourquoi es-tu là ?
- Un messager est présent à Bâlis, il attend ta venue, il arrive de Sis.
- Il est à craindre que tu dises alors vrai, s'obscurcit Dighénis.

Dighénis connaissait la réalité de la menace mongole et ne contesta pas plus encore la véracité des paroles de Thaurus. Et son instinct lui assurait que la venue de ce messager était un obscur augure. Dighénis était gouverneur de Bâlis, il lui fallait quitter les travaux de ce village, se promettant de s'y remettre au plus vite. Il paya grassement les journaliers pour que ceux-ci poursuivent la tâche en son absence, assurant à chacun que châtiment il y aurait si l'idée de ne point accomplir la besogne ou de le tromper leur venait en tête. Promptement, Dighénis ordonna de sceller un cheval et de préparer ses armes. Aidé dans la difficulté, il alla revêtir sa cotte de maille et sa tunique. Vêtu, il s'apprêtait à partir. Sur la placette de terre du village, Thaurus se tenait près d'une dizaine d'hommes, les femmes ayant été renvoyées à leurs travaux devant la présence du chevalier. Il s'agissait d'hommes du village, certains chefs de famille ou fils, des hommes de peine, quelques paysans et artisans ayant stoppés leur labeur pour assouvir leur curiosité aux propos rapportés par les femmes.

Dighénis, né en Cilicie, la moitié orientale de l'Asie Mineure en Turquie, aux confins orientaux de l'empire byzantin et à la frontière de la dynastie musulmane des Ayyoubides, était reconnu en chevalier émérite, en ordonnateur efficace et en capitaine d'armes à la noblesse d'âme. Il était seigneur de Cilicie et gouverneur de Bâlis, connu par-delà son royaume pour ses prouesses, son adresse, son audace et sa vaillance. Beaucoup de ceux qui l'avait vu combattre, le suivait encore. A Bâlis, tous patientaient, il lui fallait partir prestement.

- Thorus, chevalier de Cilicie, je vais t'accompagner à Bâlis. Allons au plus vite, dit Dighénis en faisant signe à Thorus de prendre un cheval reposé, mis à disposition pour lui.

Dighénis désigna un homme, un cousin de Dighénis, homme de confiance et fier combattant, qui se joindrait à eux. Il s'adressa à deux hommes d'importance du village :

- Parcourez-la contrée et faites dire de se préparer. Adressez-vous aux Sivastians, aux Krikaurians, aux Kassaps, aux Débois encore et à toutes les familles importantes.
- Que devons-nous leur dire ? demanda un des hommes.
- Répète seulement mes paroles, en leur disant que je compte sur leur présence, leurs armes et leurs déclamations à Bâlis. Qu'ils s'accompagnent de gens d'armes exercés. Cela accompli, rejoignez-nous à Bâlis.

D'autres hommes du village arrivaient. Ils grossirent le rassemblement. Plusieurs des hommes présents demandèrent à venir avec Dighénis.

- Et vous, que souhaitez-vous en quittant vos terres ? Leur demanda Dighénis.
  Je ne peux offrir qu'une mort probable. La guerre, les plus expérimentés le savent, ne nourrit que la haine et les vautours.
- Tu me connais Dighénis, dit un homme qui s'avançait.
- Je ne pourrai me présenter devant toi si je te laisse ainsi partir seul. Nombreux sont ceux qui comme moi, te doive vie et prospérité sur tes terres. Tu as toujours agi pour nous, il est de notre devoir d'être de ceux qui protège la Cilicie, ses champs, ses bois et ses montagnes. Rien de ce que tu pourras dire ne changera ma décision, assura l'homme qui ne devait être autre que bûcheron par son allure.
- Et si les mongols viennent, nos maisons seront détruites, nos cultures seront brûlées et nos familles tuées, se lamenta un homme dissimulé par le nombre, des voix se firent entendre pour couvrir ses lamentations.

Dighénis ne pouvait laisser le village défendu par femmes et vieillards à la proie de tous. Il commanda de renforcer les murets et d'élever des palissades sans s'alarmer et exigea qu'ils poursuivent les travaux de drainage des marais.

Un serviteur lui mena une jument, haut au garrot, à la tête large, à la robe noire, à la ligne élancée et musculeuse. Dighénis lui flatta la croupe et fixa ses armes à la scelle : sa hachette, son épée et son bouclier, il prit en main sa lance légère et monta.

Thaurus ouvrit la marche, Dighénis et ses deux hommes d'armes se mirent au trot, laissant derrière eux Höyük, petit village paisible de Cilicie. Le chemin prit plusieurs jours pour rejoindre Bâlis. Dighénis resta silencieux. Les ombres dissimulées du passé s'agitaient en une danse macabre dans son esprit.

Durant les guerres auxquelles il avait participé, Dighénis avait vu commettre de terribles exactions, même par des hommes qui se signaient de la croix et priaient pour le salut de leur âme. Dighénis redoutait plus encore la violence et la cruauté des hordes sauvages mongoles.

Des années auparavant, partis des rives du lac Baïkal, des guerriers nomades que chacun nommait, en tremblant, les mongols, s'étaient répandus à travers l'Asie. Ils étaient parvenus aux limites de l'Europe. Les cavaliers mongols y avaient déferlé sur les villes et les villages qui n'avaient point de murailles et de défenseurs. Ils ravagèrent et dévastèrent les campagnes. Leurs conquêtes surpassèrent en étendue toutes celles que l'occident avait connues durant son histoire. Durant près de vingt ans, l'Europe centrale avait été en proie à leur inassouvissable soif de richesses. La prise de Bagdad, deux ans auparavant, avait décapité le puissant califat abbasside. Un temps, ils marquèrent un arrêt dans leurs conquêtes. Certains avaient affirmé qu'ils retournaient dans leurs terres ancestrales, délaissant les terres soumises.

Tous s'étaient trompés, ils allaient se maudire de tant d'imprudence. La vérité était que plus le temps s'écoulait, plus leur force s'accentuait, les hordes mongoles croissaient en force et en nombre à chacune de leurs conquêtes, enrôlant les populations vaincues à leurs troupes, elles devenaient immenses. Ni les armées, ni les fortifications ne parvenaient à stopper leur déferlante chevauchée.

Houlagou était le maître incontesté de ces hordes de cavaliers cruels et impitoyables. Houlagou était le petit-fils de Gengis Khan, frère de Môngke Khan, il avait toute autorité. Malheur à ceux qui seraient venus à l'oublier !

- Nos armées écraserons tous nos ennemis et nos sabres trancheront leurs têtes, nous ne craignons personne, s'exclamait Houlagou qui n'acceptait aucune résistance à sa volonté d'asservir.

Houlagou s'imposait autant par son agressivité guerrière que le raffinement de son esprit. Il avait la déroutante personnalité d'un lettré qui avait pu lire les saintes écritures et le Coran, Averroès et Euclide, Omar Khayyam et Al Idrisi, Ibn Battûta et Al-Qasim ibn Ali al-Hariri, tout en ayant ordonné de grands massacres et fait exécuté d'atroces supplices. Houlagou conduisait ses hordes vers la Cilicie et la Syrie.

En l'an de grâce 1258, le prince Nasir, Salahud-din Youssouf, petit-fils de Saladin, prince de Syrie, digne représentant de la dynastie des ayyoubides appris l'incursion des mongols dans son royaume. La peur avait froidement glissé sur lui, il avait senti le souffle de la mort, il en avait eu peur comme un enfant du noir. Pour s'en délivrer, le prince Nasir envoya un hommage au conquérant mongol Houlagou. Il détacha son fils A'ziz en ambassade, accompagné de chambellans aux bras chargés de riches présents. Son fils revint, porteur d'une lettre :

- Au nom de Dieu, créateur du ciel et de la terre ! Sachez, ô prince Nasir, que nous sommes arrivés devant Bagdad. Nous avons fait prisonnier son souverain. Envers nous, il avait mal agi. Il s'en est repenti par la mort.

O prince Nasir, et vous généraux et guerriers de Syrie ! Sachez que nous sommes les milices de dieu sur la terre, il nous a donné le pouvoir sur ceux qui se sont attirés sa colère. Que le malheur d'autrui vous serve de leçon ! Nous ne sommes ni sensibles aux pleurs, ni émus des plaintes. La pitié, Dieu l'a ôtée de nos cœurs. Malheur à qui ne sont pas des nôtres. Vous savez combien de pays nous avons conquis, combien de peuples nous avons détruits. A vous la fuite ; nos coursiers sont des éclairs ; nos sabres, des coups de foudre ; nos poitrines, dures comme des rocs ; nos guerriers, au nombre des grains de sable. Si vous recevez notre loi, entre nous tout sera commun. Si vous résistez, ne vous en prenez alors qu'à vous-mêmes. Pour nous, les forteresses ne sont pas des obstacles ; les armées ne nous arrêtent pas. Vous ne respectez pas votre parole et trahissez la foi. Vous professez l'hérésie ; vous adorez l'impie et la rébellion. Il viendra le jour où vous recevrez l'ignominieux châtiment de votre orgueil, de vos excès et votre impiété [1]. Nous avons conquis la terre de l'Orient à l'Occident, et dépouillé ceux qui possédaient ces richesses. Choisissez dans votre esprit, la voie la plus salutaire, et hâtez-vous de nous répondre avant que la guerre allume son feu et jette ses étincelles. Un clin d'œil, et votre pays sera réduit en cendres, et vous ne trouverez aucun refuge pour sauver votre vie.

A la lecture de cette lettre, le prince Nasir entra dans une terrible colère. Comment lui le respectueux envers son créateur pouvait-il commettre l'impiété ! Comment un barbare venu des confins perdus du monde pouvait lui imposer une loi de Dieu, celle du Coran, celle de la parole de Mahomet. Pour punir l'arrogance d'Houlagou, il fit massacrer les émissaires et formula une réponse.

- O mon Dieu, maître des empires ! Tu donnes la puissance à qui il te plaît. Nous avons pris connaissance de votre lettre. Ô infidèles, je n'adorerai pas ce que vous adorez [2]. Vous êtes maudits dans tous les livres révélés ; vous avez été dépeints sous les traits les plus abominables ; et nous vous connaissons depuis que vous êtes créés ; vous êtes les infidèles. Nous sommes les vrais fidèles ; on ne peut nous imputer aucune transgression. C'est à nous que le coran a été envoyé du ciel ; c'est le Dieu que nous adorons qui est éternel. Nous croyons fermement à la parole révélée et nous savons comment elle doit être interprétée ; mais, certes, c'est pour vous que le feu a été créé ; c'est pour consumer votre peau.

Les menaces ne nous causent aucune frayeur. Contre vous la résistance est à Dieu obéissance. Si nous vous tuons, nos vœux seront exaucés ; si nous sommes tués, le paradis nous attend. Nous ne fuirons pas la mort pour vivre dans l'opprobre. Si nous vivons, nous serons heureux. Si nous mourons, nous serons martyrs.

A la réception de la lettre et à l'évocation du massacre, Houlagou ordonna aux hordes mongoles de se mettre à cheval. A brides abattues, elles foncèrent vers la Syrie pour faire payer l'affront du prince Nasir. Traversant les monts Hakkar, les mongols passèrent par le fil de l'épée tous les habitants qu'ils rencontrèrent. A leur vue, les hommes et les femmes du pays fuyaient à grandes enjambées. Les mongols d'Houlagou traversèrent le Tigre, puis l'Euphrate pour parvenir en Syrie.

Dans le nord de la Syrie, l'immense armée mongole se sépara en plusieurs hordes. L'une d'elle se dirigea vers la Cicilie, région riche et fertile. Le roi félon de Cilicie, Héthoum 1er, ne fit point résistance aux exigences des mongols. Il accorda sa protection et se soumit sans condition, reniant son allégeance avec le prince Nasir de Syrie. Héthoum 1er était trop lâche et trop craintif pour faire face à Houlagou. En trahissant son peuple, Héthoum 1er s'exposait à la vindicte populaire faite de vengeances, de haines et de moqueries.

Lorsque Dighénis parvint dans la forteresse de Bâlis, une forte agitation animait les lieux. Un messager attendait sa venue depuis près d'une semaine, il venait de la cité de Sis, capitale du royaume de Cilicie. Le pli portait le sceau royal de Cilicie : un lion couronné dressé sur ses pattes postérieures, les griffes et les crocs acérés prêts à trancher les chairs. Dighénis savait lire et écrire, il avait connaissance de plusieurs langues. Il avait reçu instruction pour développer son sens esthétique et éthique, l'érudition et la réflexion. Dighénis prit le pli et l'ouvrit. Il avait pour injonction de laisser passer les troupes mongoles, d'ouvrir les portes de la forteresse de Bâlis et d'approvisionner les guerriers mongols.

-   Par les saintes écritures, est-ce une hâblerie ? Je n'obéirai point à ses commandements, invectiva Dighénis.

13

Comment aurait-il pu laisser agir librement les mongols qui allaient piller tous les villages et tyranniser la population ? La principale partie des forces mongoles marchaient vers le sud de la Syrie, en direction d'Alep et de Damas. Plusieurs centaines de cavaliers mongols se dirigeaient vers Bâlis et la Cilicie pour bénéficier de la protection de Héthoum 1er.

Réfugié à Damas, le prince Nasir tentait de réunir les combattants et de s'organiser pour contrer l'avancée des mongols. Effrayés, les conseillers du prince proposaient de se soumettre, clamant la toute-puissance d'Houlagou. Présent dans l'assemblée, l'émir Al-Malik ad-Dîn Baybars se mit en colère. Il se jeta sur un vizir. L'ayant saisi fermement, il le frappa, l'accusant et le comblant de malédictions devant la prochaine perte des musulmans. L'émir Al-Malik ad-Dîn Baybars que ses hommes nommaient l'arbalétrier pour des raisons guerrières, était un homme influent à la cour. Il était un homme de confiance du prince Nasir et un puissant chef de guerre. Il s'était distingué en combattant intrépide et bras armé de Dieu, défenseur de Mansourah face aux croisés dix ans plus tôt.

Le royaume de Cilicie était la proie des mongols. Comme Dighénis l'avait prédit, le chaos régna dès que les terribles hordes mongoles d'Houlagou furent parvenues dans les vallées et les campagnes environnantes. La population terrifiée vint se mettre à l'abri derrière les murailles de la forteresse de Bâlis. Elle était défendue par une cinquantaine de soldats auxquels vinrent s'ajouter une centaine de paysans, certains équipés de fourches, de fléaux ou d'antiques armes légués de leurs aïeux. Beaucoup de défenseurs n'avaient aucune expérience de la guerre. Paysans et artisans formaient les rangs d'une garnison sans entraînement. Une dizaine de chevaliers protégés d'un haubert ou d'une cotte de maille encadraient la piétaille armée de lances, d'épieux et de couteaux qui constituait principalement la troupe. Beaucoup de familles, fidèles alliées de Dighénis, n'avaient pu rejoindre la forteresse, certaines avaient probablement fui face aux forces mongoles, d'autres protégées pour un temps dans leurs tours ou leurs maisons fortifiées, d'autres avaient déjà certainement péries sous l'épée mongole.

Plus d'un millier de mongols apparurent, exigeant l'ouverture immédiate des portes de la cité, un refus leur fut prononcé. Ils se mirent à maudire dans leur langue et partirent sous les volées de flèches. Un flot continu d'individus entrait pour s'abriter dans la forteresse. Le calme fut de brève durée. Les mongols revinrent avant que la nuit ne tombe, plus nombreux encore. Ils tentèrent un assaut alors que les portes étaient ouvertes. Il s'en fallut de peu que les soldats ne puissent les fermer sous le nombre de malheureux. Certains ne purent rejoindre à temps la forteresse. Ils furent ignoblement tués. Leur assaut échoua lamentablement et une dizaine de mongols restèrent soit morts ou agonisants. La crainte assombrissait les défenseurs, loin de se réjouir de cette modeste victoire d'hommes plus vigoureux aux champs qu'à la guerre. Les défenseurs virent arriver des renforts qui obscurcirent les environs. Du haut des tours de la forteresse de Bâlis, Dighénis avait vu venir les longues colonnes de combattants mongols. Ils s'installèrent à plusieurs volés de flèches de la forteresse dans un campement de fortune. Deux jours s'écoulèrent. Parfois des cavaliers apparaissaient, rapidement pourchassés par les mongols. Dighénis savait la fin proche, la forteresse était occupée par trop de non combattants pour résister sans que la faim ne les frappe avec violence. Dighénis, Thauros et une dizaine de chevaliers effectuèrent plusieurs sorties, chaque fois plus périlleuses, pour constituer des réserves afin d'alimenter les plus nécessiteux, femmes, enfants et vieillards qui ne pourraient pas jeûner indéfiniment.

Durant l'une de ses razzias, les mongols attaquèrent la forteresse de Bâlis. Les défenseurs ne purent stopper les mongols lorsque ceux-ci atteignirent le chemin de ronde à l'aide d'échelles. La puissance du nombre s'affirma avec force et l'immense vague de combattants mongols s'abattirent sur les défenseurs qui se battirent pour leur vie. Submergés et décimés, il ne resta rapidement plus qu'une vingt d'entre eux en état de combattre. Ils s'enfermèrent dans l'unique tour de la forteresse qui restait en leur possession. Les mongols mirent le feu aux portes, entrèrent et les massacrèrent. Dighénis qui luttait avec d'autres chevaliers sur le versant opposé de la forteresse de Bâlis, était empêché de venir porter assistance aux assiégés. Des mongols venaient les combattre toujours plus nombreux. Eux aussi allaient bientôt plier. Ils n'étaient plus qu'une poignée : les plus fidèles et les plus aguerris de ses compagnons l'incitèrent à stopper le combat et battre en retraite devant la situation.

- Si nous avons tout perdu en cette journée, nous ne perdons pas notre honneur, déclara rageusement Dighénis que le hennissement de sa jument accompagna.

La combativité et la volonté de Dighénis n'y firent rien, la bataille était perdue. Après de nombreuses tentatives, revenant moins nombreux à chaque assaut, Dighénis et ses compagnons encore vivants abandonnèrent la lutte devant un adversaire plus puissant à chaque heure. C'est par la volonté de Dieu et une connaissance précise de la vallée qu'ils purent échapper in extremis à la troupe qui les poursuivit durablement. La forteresse de Bâlis expirait dans un râle de fumée noire qui s'élevait en tourbillon. Dighénis était harassé d'une lourde peine à la vue lointaine des ruines fumantes. Dighénis descendit de cheval, planta la pointe de son épée au sol et pria.

- Que Dieu vous accorde à tous une place à sa droite, sollicita Dighénis au souvenir des compagnons de grande valeur et tous ceux qui avaient succombé en cette funeste journée, je reviendrai pour honorer votre mémoire et vos actes.
- Nous devons partir prestement, l'interrompit Thaurus qui voyait venir des dizaines de cavaliers mongols en leur direction.

Dighénis, Thorus et les six chevaliers rescapés prirent le parti de quitter les lieux. Plusieurs jours durant, ils restèrent présents dans les environs, protégés par des complicités. Les nouvelles rapportées étaient désastreuses. Dighénis était effondré de douleur, il avait revêtu l'habit qu'il avait porté tant d'années auparavant, seul la lutte comptait. Il lui faudrait être attentif, aux aguets, préparé, indomptable et puissant. Il ne pouvait céder à la peine qui l'envahissait. Tous ceux qui s'insurgeaient ou résistaient aux mongols étaient impitoyablement pourchassés, mis en esclavage ou massacrés. Toutes les défenses de la vallée de l'Euphrate étaient tombées les unes après les autres. Les refuges fortifiés de Qal'at Nagm, Manbib et Qal'at Ga'bar furent réduits. Dighénis s'était opposé aux mongols, il avait été défait. L'amertume coulait dans ses veines. Les mongols étaient sanguinaires, ils n'avaient eu aucune pitié. Peu importait la religion, les peuples ou les richesses, la vie de leur adversaire n'avaient pour eux aucune valeur. Dighénis avait le cœur lourd et une furieuse colère grondait en lui. Il était rassuré de savoir les siens protégés dans les hauts villages des montagnes du Taurus pendant qu'il allait se battre pour la reconquête de ses terres. Quelque fut le prix à payer, il allait mettre tous les moyens et toute sa volonté pour vaincre. Pourtant à ce jour, Dighénis n'avait à ses côtés qu'une poignée de chevaliers rescapés, épuisés et démoralisés. C'étaient de rudes combattants et des hommes de confiance mais que représentaient-ils face à l'immense armée mongole ? Dighénis décida de rejoindre Alep pour se joindre aux syriens, il y trouverait des soutiens afin de poursuivre le combat et reconquérir ses terres.

Dighénis et ses compagnons se mirent en chemin et chevauchèrent vers Alep. Ils traversèrent les plaines de Cilicie, apercevant parfois des cavaliers dont ils ignoraient s'il s'agissait d'ennemis ou d'amis. Le paysage devenait de plus en plus rocailleux et ingrat. Ils s'engagèrent dans une vallée resserrée. Au regard, les sommets abrupts des chaînes montagneuses de l'Amanus s'élevaient, des murailles qui ne laissaient passer le voyageur qu'à contrecœur et contre sa volonté. Les rares aperçus évoquaient la présence des mongols. Ils décidèrent alors de suivre la rivière Sajour jusqu'à ce qu'elle se jette dans l'Euphrate. Ils évitèrent les villages et les chemins trop fréquentés par le passage de cavaliers mongols, préférant avancer à la nuit tombante lorsque la lune éclairait leurs pas.

Dighénis et ses compagnons s'approchaient de la région alépine, ils rencontrèrent des combattants venus de tous les horizons. Ils disaient tous se diriger vers Alep pour y combattre les mongols, certains ne cherchait en vérité qu'à s'éloigner le plus loin possible de la menace. Dighénis et les chevaliers quittèrent des vallées ombrageuses et boisées pour s'engager dans une vaste plaine brûlée par le soleil. Après deux jours de route, ils virent apparaître une forme imprécise au loin. Les contours se dessinèrent avec plus de justesse. La cité d'Alep et ses hauts murs s'élevèrent fièrement dans la plaine au fur et à mesure qu'ils s'approchèrent.

- Avant ce jour, je n'avais jamais apprécié les syriens ! assura Throrus.
- Et eux, penses-tu qu'ils t'apprécieront ? lui demanda Dighénis.

- Ils ne peuvent refuser un dépensier aux si grandes largesses, commenta l'un des chevaliers qui moqua le caractère maladif de l'avarice de Thorus.
- Restez sur vos gardes, ne faites point imprudence et ne cherchez querelle à autrui, nous n'avons de temps à consacrer qu'à notre devoir pour abattre les mongols, prévint Dighénis en remarquant l'air soupçonneux des gardes syriens qui tentaient de contrôler les entrées dans la cité.
- Nous n'avons pas oublié les nôtres, nous agirons sagement, assura Thorus.

Dighénis et les chevaliers franchirent le large fossé qui entourait Alep par le pont-levis sans être importuné par les gardes syriens. Dighénis observa avec attention les épaisses portes de bois cloutées de fer qui s'ouvraient dans la haute muraille de pierre. Dighénis et les chevaliers entrèrent dans Alep qui se fit jour à leurs regards. La grande cité de Syrie, prospère par le commerce des caravanes venues des plus lointaines contrées, n'était plus que l'ombre d'elle-même. Les caravansérails s'étaient emplis de réfugiés et de fuyards venus de toutes les régions conquises par les mongols. Ils se rassemblaient tous dans la cité et cherchaient protection. Les ruelles étaient si encombrées que le temps s'égrenait à attendre que la foule avance. Elle envahissait les rues en une rivière humaine d'hommes et de femmes égarés. Les marchands avaient fermé leurs boutiques pour ne pas risquer d'être volés ou pillés dans ce capharnaüm.

- Qu'en penses-tu Thaurus ? demanda Dighénis.
- Qu'avec toute la populace présente, il va être dur de se battre et la cité ne pourra pas tenir le siège sans être harceler par la faim et la soif.
- J'ai vu ce que tu vois, assura Dighénis.

La cité d'Alep était très bien fortifiée. Les califes ayyoubides* avaient entretenu et perfectionné les défenses de la cité. Les murailles étaient hautes et épaisses pour résister aux attaques d'adversaires puissants. Elles étaient pourvues de puissantes courtines et de tours carrées percées d'archères. Passés les portes épaisses de fer, des mâchicoulis* et des assommoirs stopperaient les assaillants. Les remparts étaient couronnés de tours crénelées, et un large chemin de ronde longeait leurs sommets. Considérée comme imprenable, une citadelle commandait Alep et protégeait ses dirigeants.

Les combattants présents dans la cité étaient très hétéroclites : syriens et arabes en majorité mais des mamelouks, des égyptiens, des francs et des byzantins grossissaient les rangs. Au regard du comportement brutal et querelleur du soldat de métier, Dighénis n'avait vu auparavant, ni n'aurait pu croire à une alliance aussi inattendue et surprenante. Des ennemis de toujours combattaient dans les mêmes rangs, pour une cause commune. Cela donna lieu à des situations singulières, des querelles et de violents accrochages. La gouvernance d'Alep et le commandement de l'armée avaient été confiés à Al Mu'azzam Turansah, dernier fils vivant de Saladin. Sachant cela, Dighénis proclama :

- Quel plus heureux présage, plaise à Dieu d'embellir l'islam et ses fidèles en les aidant par le tranchant de son épée et en les abritant dans l'ampleur de son ombre, puisse-t-il de même soumettre les têtes de ses ennemis à la sentence de son sabre.

Dighénis n'était d'aucune religion et était de toutes. Il pratiquait avec facilité chacun des cultes, chrétien acquis par sa mère et musulman par son père. Il n'ignorait aucune pratique, ni sacrement des deux religions. Il n'était pas un fervent pratiquant et était parvenu à concilier les deux lorsque cela l'exigeait ou lui était nécessaire. Dighénis croyait en un Dieu unique dont la manifestation ne pouvait être interprétée des hommes.

Des prières de toutes les religions s'élevaient de la cité : les litanies des juifs se mêlaient aux cantiques chrétiens et aux chants des musulmans. Il faut croire que Dieu devait être absent pour ne pas entendre tant de louanges récitées. Ils trouvèrent un lieu de bivouac à l'extérieur de la cité et acquirent quelques denrées à prix cher pour se restaurer. Le lendemain matin, après une nuit peu reposante, le ciel était bas, alourdit d'épais nuages blancs, l'air était froid et les températures peinaient à s'élever. Des guetteurs avaient annoncé que des troupes mongoles nombreuses avaient été aperçues à Haylan, à une douzaine de kilomètres d'Alep.

L'armée régulière alépine et tous les volontaires furent mobilisés. Dighénis et Thaurus étaient accoudés aux créneaux des murailles après une nuit compliquée. Thaurus regardait l'horizon et Dighénis observait la cité s'éveiller avec peine.

- Regarde, nous n'avions que peu d'avance, s'exclama Thorus en pointant du doigt de larges nuages de poussières s'élevant dans le lointain de la plaine.
- L'heure de la bataille est venue, dit Dighénis d'une voix calme.

En haut des murailles, beaucoup se groupèrent pour voir les hordes mongoles déferlées dans la plaine. Ils montaient des chevaux plus petits que ceux des chevaliers d'Orient ou d'Occident. Ils étaient si nombreux que Dighénis ne parvenait à estimer leur nombre. Ces milliers de sabots frappant le sol laissaient entendre un épais grondement, et soulevaient une tempête de sable à leur passage. Si cela n'avait été des ennemis, chacun aurait pu apprécier la grandeur de la charge. Après la cavalcade sauvage dans la plaine, les mongols restèrent à distance des fortifications de la cité. Leurs destriers n'étaient point protégés de cuir ou de mailles, ils constituaient des cibles faciles pour les archers placés sur les murailles.

Les mongols commirent de nombreuses atrocités sur des retardataires qui n'avaient pu rejoindre Alep à temps. Ils furent attachés par des cordes et trainés au sol derrière des chevaux lancés au galop. Devant tant de cruauté, les mères dissimilèrent la scène aux yeux de leurs enfants et les combattants éructèrent de terribles imprécations. La peur se lisait sur les visages, des enfants serraient leurs mères fermement, apeurées, tremblantes et gémissantes ; les hommes avaient le regard des animaux traqués, pris au piège. Les murailles leur paraissaient moins hautes et moins épaisses, leur existence plus fragile et incertaine, scellée au sort de la cité entière. Ils envisageaient le pire sachant qu'aucune fuite n'était dorénavant possible. Les mongols continuèrent à pousser de grands cris et des exhortations. Les mongols ayant contournés la cité en de vastes mouvements de cavalerie, disparurent dans un immense nuage de poussière. A la grande stupéfaction de tous, les mongols partaient. Des vivats et des exclamations s'élevèrent de la cité. Soutenir le siège ou combattre les mongols, deux alternatives dont les partisans s'affrontèrent en d'épuisants débats. La retraite précipitée des mongols avait conforté les alépiens à être trop sûrs de leur force.

- Chevaliers et hommes d'armes rejoignez vos sergents, hurlaient les hérauts.
- Ses ordres sont de mauvais augure, ils préparent certainement une prochaine attaque contre les mongols et c'est une grave erreur que de quitter les murs protecteurs d'Alep, commenta Dighénis.

Les prévisions de Dighénis s'avérèrent exactes : la décision de les défier l'emporta. Les troupes alépines et les volontaires sortirent de la cité. Elle se fit en grand désordre et longueur de temps. Les troupes alépines, composées de plusieurs milliers de combattants n'avait aucune coordination. Dighénis et de nombreux autres volontaires furent envoyés en toutes directions pour pratiquer des escarmouches et évaluer l'exact état des forces.

- Prenons le Nord, les mongols s'y sont dirigés dans leur fuite, commanda Dighénis qui ne croyait point à une échappée.

Dighénis, Thorus, les six chevaliers de Bâlis et une dizaine d'autres volontaires ciliciens rencontrés dans la cité, chevauchèrent vers leur adversaire mongol, ou vers les limbes. Le silence tombait sur la troupe, chacun consacrait ses dernières pensées aux siens ou à ses terres. Dighénis connaissait les batailles et les hommes, il savait que certains volontaires n'attendaient qu'un signe pour s'enfuir. Comment pouvaient-ils être en pleine quiétude se sachant si peu nombreux face à une armée mongole immense, et qui avait fait parade de sa puissance quelques heures auparavant devant leurs yeux ébahis. Après une heure, ils virent au loin des panaches de fumée qui s'élevaient signalant certainement la destruction d'un village. Dighénis et la troupe arrivèrent devant une étendue d'eau, qui dans ses régions sont le point de ralliement des hommes et des animaux.

- Attendez, ordonna Dighénis mu par un pressentiment que seule l'expérience des combats peut faire naître.

Nous n'irons pas plus loin, ordonna Dighénis pour ne pas être piégés dans les mailles d'un filet.

Dighénis, Thaurus et les chevaliers se reposèrent quelque temps. Un silence inquiétant régnait. Le terrain devenait plus vallonné, plus accidenté et propice aux embuscades. Ils patientèrent en y faisant reposer et désaltérer leurs montures. L'ombre de combattants mongols ne tarda pas à se dessiner dans les hauteurs.

Les mongols venaient à leur rencontre, point pour un échange affable, mais pour un affrontement. Ils descendaient la colline en plusieurs files ininterrompues de cavaliers.

- Nous ne serons pas assez nombreux pour leur faire face. Il nous faut rejoindre les troupes alépines qui doivent nous suivre de près, assura Dighénis qui vit par ses paroles le soulagement de ne pas se sacrifier en ce lieu égaré et maudit.

Les mongols les pourchassèrent mais ne parvinrent à les rattraper. Les troupes alépines se présentèrent rapidement à leur vue. Dighénis, Thaurus et les chevaliers rejoignirent leurs rangs. Face à l'armée alépine en ordre de bataille, venus de toutes les directions, les mongols se regroupèrent. Ils étaient très nombreux, certainement trop. Le déséquilibre numérique semblait s'accentuer à l'avantage des mongols. Comprenant trop tard leur erreur, les troupes alépines ne pouvaient pas battre en retraite, elles firent face à l'épreuve de l'adversité. Elles s'organisèrent avec grande difficulté essayant d'être le plus présentable possible face à l'ennemi. Les capitaines hurlaient des ordres se perdaient dans le tumulte et le brouhaha. Une incompréhension s'échappait de cet ensemble qui ne parvenait jamais à prendre sa forme définitive et où chacun des groupes ne savait où se placer exactement.

Regroupés, les cavaliers mongols fondirent sur les troupes alépines en une chevauchée puissante de plusieurs dizaines de milliers de cavaliers. Ils s'abattirent avec la violence d'un fer de lance effilé au centre de l'armée alépine. Et les troupes de la cité qui se célébraient en élites aguerries furent décimées dans une violente bataille de cris et de sang. Dighénis se battit avec vaillance et bravoure, tuant de sa hache de guerre moult adversaires. Mais le nombre d'ennemis était trop important pour qu'il puisse en venir seul à bout.

Rapidement, les quelques milliers de combattants qui faisaient face à la vaste armée des mongols d'environ vingt à trente mille hommes, comprirent que le sort de la bataille serait nécessairement en leur défaveur. Les commandants décidèrent alors de se remettre à l'abri derrière les fortifications de la cité d'Alep. Le son épais des cornes s'éleva pour appeler à la retraite. Résonance de la terre profonde, lamentation d'âmes damnées, elle effraya les troupes alépines et les soldats apeurés s'enfuirent ou affluèrent avec précipitation et désordre vers la cité. Devant les murs de la ville fortifiée d'Alep, les mongols établirent leur campement. L'affrontement allait être inévitable et effroyable. La vaillance du prince Nasir, plus encore la témérité des derniers défenseurs d'Alep se dressait en un barrage de paille devant la férocité des mongols.

Ce furent les compagnons de Dighénis qui s'empressèrent de les suivre, l'exhortant à quitter le champ de bataille qui n'était plus qu'un immense charnier. La plupart de ceux qui y en réchappèrent s'enfuirent pour se protéger derrière les hautes fortifications d'Alep, la voyant encerclée par les mongols, Dighénis et ses compagnons chevauchèrent, eux, vers le nord échappant à l'encerclement de la cité.

La ville d'Alep, cette ville connue dans les plus lointaines provinces, était la plus ancienne cité d'Orient. Convoitée pour ses richesses, elle était fort disputée de tous les temps et avait résisté à beaucoup d'ambitieux. Ses ruelles tortueuses se faufilaient entre les innombrables mosquées. Les caravansérails et les souks accueillaient les voyageurs et les marchands. Malgré un dur labeur quotidien, les habitants y vivaient sereinement.

Par l'arrogance du prince Nasir, le malheur était aux portes de la cité, devenue une immense souricière pour ses habitants. Devant la détermination des troupes mongoles, les fortifications de la ville, si hautes et si épaisses qu'elles pouvaient être, ne pourraient résister inlassablement aux assauts de l'ennemi. Les habitants en avaient conscience, ce qui rendait l'atmosphère de la ville terrifiante. L'angoisse et la peur emplissaient les cœurs. La peur se communiquait, se répandant en une maladie plus abominable que la peste. Tous cherchaient à s'échapper, aucune fuite n'était possible. S'élevant du haut de ses cinquante mètres, la citadelle, l'imposant bastion fortifié, protégé de profondes douves, se dressait au centre d'Alep. Il ne parvenait pourtant pas à apaiser la population terrorisée par son sort prochain. Les mongols n'attaquèrent pourtant pas et ne restèrent qu'une journée devant la cité. Certains pensèrent qu'ils avaient fui, craignant l'affrontement, d'autres pensèrent à une nouvelle tromperie. Il n'en fut rien. Les mongols s'emparèrent des villages proches, resserrant plus encore les mailles du filet, augmentant leurs troupes de renforts venues d'Iran et de Georgie. Des soldats du roi Hethoum 1er, seigneur de petite Arménie, félon de Cilicie, vinrent soutenir traîtreusement les mongols. Le roi félon avait rassemblé quelques milliers de fantassins et de cavaliers. Une immense armée était réunie, une masse noire roulait sur les plaines étendues et désertiques autour de la cité d'Alep. Tempête venue du désert, chaque grain de sable était un combattant. Voulant soumettre l'ennemi sans combattre, le khan Houlagou fit parvenir un ultimatum au gouverneur d'Alep.

- Vous n'êtes pas en état de nous résister. Laissez-nous gouverner la ville, nous allons combattre le prince Nasir. Sa défaite achevée, ce pays sera mien, et par votre action vous n'aurez pas répandu le sang de nos frères musulmans. Et si nous devions être vaincus, vous pourrez toujours vous justifier.
- Entre nous, il n'y a que le sabre, lui fit fermement répondre le gouverneur de la cité d'Alep.

Houlagou khan, petit-fils de Gengis Khan était un fin connaisseur en philosophie et en sciences ; il était aussi un adversaire féroce et un combattant sanguinaire. Il avait conquis Bagdad en massacrant au moins deux cent cinquante mille personnes et avait fait piétiner le calife dans un tapis par des chevaux. Houlagou voulait posséder toutes les terres et soumettre tous les peuples.

Derrière les hauts remparts de la cité d'Alep, protégés par les lourdes portes de la forteresse, les dignitaires alépiens étaient convaincus de leur force. Voulant faire payer cet affront, les mongols passèrent à l'attaque. Ils creusèrent un épais fossé autour d'Alep, empêchant toute sortie. Le piège se refermait jour après jour autour des assiégés.

Les machines de guerres entrèrent en action. Plus de vingt catapultes lancèrent leurs mortels projectiles de nuit comme de jour. Au bout d'une semaine d'un harcèlement intensif et quotidien, certains remparts s'affaiblirent. Et lorsque des pans de murs finirent par s'éventrer, les troupes mongoles s'engouffrèrent dans les brèches. Les troupes alépines se battirent avec l'énergie du désespoir. Les actes de bravoure furent nombreux, les sacrifices innombrables, les souffrances indescriptibles. Malgré leur résistance acharnée, les derniers soldats restés fidèles ne purent endiguer l'avance inexorable de cette crue de guerriers. Isolés et abandonnés par leur prince, manquant d'effectifs, les alépiens ne purent faire face aux assauts redoublés des hordes mongoles.

La population et les soldats d'Alep luttèrent pourtant avec l'énergie du désespoir, sachant que la chute de la cité impliquait inéluctablement la mort. Chacun se battit avec force et courage, défendant chaque rue, chaque maison, chaque mur, chaque pierre. Leur sacrifice ne changea pas le cours de ce qui devait advenir. L'épaisseur des murailles et la ferme résolution des défenseurs ne purent endiguer l'envahissement mongol, la cité fut conquise.

Alep prise, les mongols saccagèrent, pillèrent et ravagèrent la cité cinq jours durant tels une nuée d'insectes avides sur des champs fertiles. Les remparts furent abattus, les mosquées détruites et les jardins rasés. Des quartiers entiers furent la proie des flammes. Des actes ignominieux furent commis. La fureur et la barbarie des soldats mongols furent grandes. Ils épanchèrent leur soif de tuerie. L'ivresse, le vice et l'infamie régnèrent.

Au bout des cinq jours, les ruelles étaient encombrées de cadavres. Certains rapportèrent que cent mille femmes et enfants furent condamnés à la captivité. Les hommes qui n'eurent pas la chance de périr l'arme à la main, eurent une mort lente et abominable. Le peu de rescapés devinrent fous d'avoir vu tant d'horreurs perpétrées. Seule la citadelle résista un mois durant. Pourtant, les vagues successives d'assaillants mongols parvinrent à bout de la résistance des derniers défenseurs et entrèrent dans la citadelle que les dignitaires alépins considéraient inexpugnable. Ceux qui avaient juré que seul le sabre les séparait du khan Houlagou connurent un sort identique à leurs sujets. Les vainqueurs firent un immense butin.

Le prince Nasir s'était réfugié à Damas, plus au sud de la Syrie, région encore inoccupée.

A l'annonce de la destruction d'Alep, le prince Nasir, souverain ayyoubide, s'évanouit. Pendant plus d'une journée, il fut harassé d'une grande lassitude. Il resta muet, au grand désarroi de ses généraux qui ne savaient que faire. Pressé d'agir par ses conseillers, le prince Nasir décida de fuir plus loin, au-delà de Naplouse. Il ordonna le repli de son armée vers le sud, abandonnant Damas, sans appui ni protection, face aux hordes mongoles.

Houlagou et ses hordes mongoles marchaient vers Damas, capitale de la Syrie, cité riche et prospère à la croisée des chemins.

La ville de Damas surpasse toutes les autres en beauté et en perfection ; et toute description, si longue qu'elle soit, est toujours trop courte pour ses belles qualités. [6]

Derrière la protection des remparts, la cité de Damas renfermait des joyaux d'architecture : les coupoles et les minarets de la grande mosquée des Omeyyades, le palais du sultan, des jardins et des vergers d'une rare splendeur. La cité comptait des souks achalandés, de riches demeures de marchands et d'habiles artisans. Sous la menace mongole, les damasiens les plus fortunés quittèrent la cité, l'Egypte en terre d'asile. Ils abandonnèrent leurs richesses. Les plus pauvres furent condamnés à faire face aux envahisseurs. Ils se rassemblèrent et élirent une députation qui alla au-devant des mongols pour solliciter la vie sauve des habitants, et éviter le sort de la cité d'Alep. Ils chargèrent une dizaine de chameaux de lourds présents, bijoux d'or et d'argent, tapis précieux, denrées rares et armes finement décorées. La députation fut accueillie par Houlagou, qui ne pouvait que se réjouir à la vue d'ennemis qui se soumettent à sa volonté. Aussi magnanime pour ses esclaves que barbares pour ceux qui tentent de lui résister, il offrit par écrit sa parole pour ne pas porter atteinte à l'existence des damasiens. En échange, ceux-ci lui remirent les clefs de la cité de Damas et leur destinée entre les mains.

Pourtant dans la vieille cité de Damas, la citadelle résista, refusant d'ouvrir ses portes aux mongols. Les colombes avaient apporté le message du prince

Nasir, exigeant de lutter jusqu'à la mort si nécessaire. Dès la connaissance de cet acte de rébellion, Houlagou fou furieux, ordonna de la raser, de l'écraser, de l'anéantir. Les catapultes entrèrent en action, affaiblissant progressivement les défenses. La citadelle fut prise par la force. Houlagou trancha de ses mains la tête du commandant qui avait contesté son autorité.

Les mongols s'installèrent dans la cité. Houlagou, adepte du Christ en apôtre de la mort, privilégia les minorités chrétiennes, qui sous couvert de sauf-conduits s'adonnèrent à toutes les bravades possibles auprès de leurs anciens oppresseurs les musulmans. La haine alimente la haine. Il n'y avait jamais eu ni malveillance, ni rancœur entre les communautés religieuses avant la venue des mongols. Dès que les peurs emplirent l'esprit et que les chrétiens furent assurés de leur impunité, ils s'adonnèrent aux plus détestables actions. Ils burent à outrance, entrèrent dans les mosquées sans pratiquer les ablutions nécessaires, moquèrent publiquement la foi musulmane, au grand désarroi des croyants dont les protestations étaient durement punies.

Les armées mongoles, avides de barbarie, firent quelques incursions dans les alentours de Damas, ravageant la Syrie méridionale. Les villes de Hamat, Naplouse et Baalbek furent pillées. Un événement survint, le frère d'Houlagou, l'empereur Mangou mourut. Houlagou devait retourner auprès des siens en Mongolie. Beaucoup pensèrent qu'il allait retirer ses troupes, il n'en fit rien. Il transmit le commandement, mais ce fut-il qu'il soit parent de Caligula, son remplaçant pilla, tua et ravagea la région avec plus de sauvagerie que Houlagou.

Houlagou dirigeait ses pas vers la Mongolie pour assister aux rites et cérémonies mortuaires de son défunt frère. Avant de quitter la Syrie, Houlagou avait envoyé un ambassadeur auprès du sultan d'Égypte accompagné de quarante personnes, pour donner une lettre dont le contenu était à peu près ceci :

- Dieu a désigné les siens, nous le peuple mongol, moi Houlagou, chef des peuples, prend possession de sa création sur terre en son nom. Tous ceux qui ont voulu résister à nos armes ont été anéantis. La renommée de nos conquêtes et la gloire de nos armées invincibles ont frappées toutes les oreilles. Si vous vous soumettez, venez m'apportez votre tribut, et recevez dans votre royaume, un gouverneur en mon nom, sinon préparez-vous à la guerre et à mourir.

Tous ceux qui avaient fui les atrocités mongoles, avaient reflué vers la terre d'Égypte. Rien n'avait arrêté les hordes mongoles, et la menace d'une occupation prochaine, terrorisait les égyptiens et les exilés. Ils ne savaient pour quelle décision opter : marcher vers la guerre ou se soumettre.

Durant ce temps, Dighénis et ses compagnons se cachaient dans le djebel Ansariyya dans la vallée de l'Oronte, au nord de la Syrie. Ils attendaient impatiemment des informations d'un des chevaliers qui vêtu en marchand avait été missionné en éclaireur discret pour se renseigner de l'évolution de la situation. Les mongols parcouraient la région et rien n'assurait de sa réussite, il était parti depuis plus de quatre jours. L'inaction de Dighénis et des chevaliers, plus habitués à affronter les situations les plus périlleuses que de se terrer, les remplissait d'agacement.

- Crois-tu qu'il reviendra ? Quittons ses terres ravagées par la guerre et la désolation, retournons vers les nôtres qui pourraient avoir besoin de nous, assura Thaurus.
- Nous ne pouvons retourner en Cilicie sans entrainer à notre poursuite les mongols qui se vengeront des coups que nous leur avons durement portés, lui répondit Dighénis.
- De quels coups parles-tu ? l'interrogea Thaurus sur un ton plein de colère contenue. Dighénis ne répondit point, il le savait trop bien que leur action fût un souffle égaré dans le vent de l'histoire.

En attendant le cavalier, Dighénis scrutait l'étendue de roches et de poussières aux nuits trop froides et aux journées trop chaudes. Dighénis et ses compagnons s'étaient réfugiés à l'abri dans des cavités creusées dans la roche par les eaux ruisselantes et grondantes de l'hiver. Elles constituaient une suite désordonnée de salles aux dimensions et aux formes irrégulières. Elles étaient occupées de manière occasionnelle par des autochtones connaissant les lieux ou des voyageurs égarés. La salle dans laquelle Dighénis et les chevaliers se trouvaient était vaste et deux larges entailles dans la roche offraient une fenêtre sur l'immensité du Djebel Ansariyya. Deux jours s'écoulèrent, seuls des bergers déguenillés aussi faméliques que leurs troupeaux passaient au loin. Ce n'est pas les rares épineux de ses étendues désertiques et rocheuses qui auraient pu les nourrir, ils ne s'attardaient pas en ces lieux damnés. Lors d'une ses trop longues après-midis, un cri retentit :

- Un cavalier mongol, s'exclama Thaurus en le pointant du doigt.

Venant du nord, il chevauchait à brides abattues et se dirigeait sans le savoir droit vers Dighénis et ses compagnons. Il fallut près d'une heure pour voir distinctement le cavalier monté sur son petit cheval rapide. Les minutes s'égrenèrent, le cavalier solitaire progressait sans qu'une troupe ne le suive. Comprenant qu'il s'agissait d'un cavalier isolé, Dighénis enfourcha son cheval le premier, son épée en main, laissant ses protections et les chevaliers figés. Dighénis alla à la rencontre du cavalier mongol. Dès que le cavalier mongol le vit, il prit la direction opposée espérant lui échapper. La fuite du cavalier et son manque de bravoure enflammèrent Dighénis d'une colère vengeresse. Il le poursuivit et le rattrapa. N'étant plus qu'à une dizaine d'enjambées, le cavalier se retourna brusquement pour lui faire face, bouclier rond en avant au-dessus duquel dépassait sa longue lame. Dighénis le frappa en plein poitrail par le tranchant de la lame. D'un second coup porté au cou, Dighénis l'acheva. Le cavalier mongol s'effondra, traîné par son cheval. Thaurus le stoppa fermement.

Habillé d'une veste bleutée de tissu épais pour supporter les rigueurs des nuits désertiques, le cavalier était un messager mongol. Dighenis se saisit des poches de cuir remplies de missives attachées au flan du cheval. Dans le groupe des chevaliers, seuls Dighénis et Thaurus savaient lire le latin. La plupart des plis étaient dans des dialectes méconnus. Quelques plis en latin purent être traduits. Dighénis y lut une suite ininterrompue de mauvaises nouvelles, de batailles perdues et de renforts occis. Un cachet de cire scellé par le sceau d'un haut ecclésiastique, piqua sa curiosité. Dès les premières lignes lues, Dighénis comprit toute l'importance du message. La lettre missive était écrite par un prêtre proche de Houlagou, et qui faisait rapport à son supérieur religieux. Le texte était écrit d'un latin précis.

Monseigneur, en ambassade auprès de Houlagou, seigneur incontesté d'Orient, je viens vous informer de la Terre Sainte. Les croisades successives menées contre les sarrasins ne nous ont pas permis de conserver le royaume de Dieu entre nos mains. Les ennemis de nos ennemis étant nos amis, les mongols s'approprieront le royaume de Jérusalem et le restituera à condition d'un soutien inconditionnel et de preuves de loyauté. Le récit évoquait ensuite la prise successive des cités d'Alep et de Damas, contait les festivités annonçant la Syrie et ses richesses entre leurs mains. Ce qui retint toute l'attention de Dighénis était clairement écrit : la volonté d'expansion des mongols en Asie Mineure et en Europe y était exposée et mise au jour sans détour. Le dessein d'envahir le royaume franc de Chypre y prenait naissance sous forme d'instructions et de commandements. Un tel témoignage posé par écrit serait une preuve à charge pour accuser les mongols. Elle justifierait l'engagement du royaume franc et de ses alliés contre les mongols, encore devait-elle être remise entre les mains des puissants concernés.

Deux jours s'écoulèrent avant que ne revienne le chevalier parti en quête. Il apportait pitance, délivrant ses compagnons des affres de la faim. Au récit des derniers faits, il fut étonné d'en apprendre autant alors que lui en savait si peu malgré tous les risques encourus pour infiltrer les villages afin de se saisir de nouvelles :

- Chiens de mongols, allons les combattre sans tarder, s'exclama l'un des chevaliers.
- Cesse de nous clamer ta colère en paroles inutiles ! Et que feras tu face à tant d'hommes ? Tu seras brisé ! Il nous faut disposer d'hommes d'armes en nombre pour les affronter et les battre, lui rétorqua un autre chevalier.
- Chacun d'entre vous exprime sa vérité. Nous avons subi défaites et humiliations, laissant dernière nous tout ce qui nous était le plus cher, nous devons reconquérir nos terres et protéger nos familles, assura Dighénis. Il laissa un silence approuver ses paroles avant de poursuivre :
  Il nous faut des alliés forts et sûrs. Je vous ai lu le pli récupéré sur le messager mongol et vous savez que nous devons prévenir les régents du royaume franc de Chypre pour obtenir

leur soutien. Je n'ai ni femme, ni enfant, je partirai donc seul ce jour, vous rejoindrez les vôtres et vous organiserez mon prochain retour, déclara Dighénis.

Un silence de pierre était tombé sur l'assemblée des chevaliers. La voix de Dighénis s'était élevée, sa parole serait exécutée. Dighénis fit ses adieux à ses compagnons d'armes, leur exigeant mille prudences. Tous espéraient sincèrement leur prochaine retrouvaille. Le soir tombant, Dighénis accompagné de Thaurus qui ne voulait le laisser partir seul, se mirent en route bénéficiant de l'obscurité. Ils chevauchèrent vers la cité d'Antioche pour embarquer vers l'île de Chypre. Dighénis avait décidé d'y rejoindre Marcos Christofia, une amitié ancienne, un compagnon d'armes retourné en son île-berceau et devenu marchand après avoir exercé avec talent, durant près de dix années celui de mercenaire. Dighenis lui demanderait son aide pour entrer en relation avec la cour des dignitaires francs, les Lusignan. Il remercia et quitta Thorus à Antioche, ville chrétienne où aucune troupe mongole n'était entrée.

Chapitre 2. Marcos Christofia

Un sifflement se fit entendre et une flèche se ficha profondément en terre à quelques pas de Dighénis. Il fit un bond en arrière et se dissimula derrière une des colonnes du temple. D'un mouvement rapide, Dighénis souleva sa toge et extirpa son épée du fourreau, tentant de percevoir la position de l'archer, mais personne n'était visible derrière les épais taillis de ronces et d'arbustes.

- Qui es-tu ? Que me veux-tu ? cria Dighénis à son adversaire.

Aucune réponse ne se fit entendre. Dighénis ne connaissait personne sur cette île de Chypre qui aurait pu en vouloir à sa vie. Il avait débarqué à Famagouste depuis quelques jours et n'avait adressé la parole à personne. Se pouvait-il que ce soit des assassins à la solde des mongols chargés de le tuer ou de récupérer la missive ? Dans ces instants où la vie dépend du courage et des forces engagées dans la bataille, Dighénis bâillonna ses doutes et ses peurs, la confrontation était inévitable et la lutte serait impitoyable. Dighénis ne pouvait épier son adversaire, le soleil lui faisait face, l'éblouissant de son éclat. L'unique moyen de s'échapper du piège tendu était de contourner son adversaire pour le surprendre. Glissé dans l'échancrure de sa chemise, Dighénis sentait au contact de sa poitrine le cuir tanné et rugueux de la missive. Elle lui était indispensable pour convaincre les hauts dignitaires francs de le soutenir. Dighénis pourrait reconquérir la Cilicie, évincer le roi félon Héthoum 1er et libérer son peuple des mongols. Il fallut qu'il soit mort pour la leur remettre. Mais était-ce possible qu'un homme seul fut envoyé pour le mettre à mort ? Certainement pas, ils devaient être plusieurs. Pendant que son esprit tentait d'envisager leur stratégie d'encerclement selon leur nombre possible et la disposition des lieux. Dighénis savait qu'un temps précieux s'écoulait. La fureur d'être piégé augmentait sa détermination à faire payer durement ses meurtriers, dut-il affronter une armée de chimères. Les muscles contractés, les sens aux aguets, il devait agir promptement. Dighénis fit deux larges enjambés pour remonter le défilement des colonnes derrières lesquelles il se protégeait. Une seconde flèche fut décochée et lui frôla dangereusement l'épaule pour venir piquer le mur du temple dans un bruit de métal et de pierre. Dighénis se maudissait de ne pas avoir pris son bouclier, resté sur l'échine de son cheval.

Il fit deux autres enjambées pour rejoindre la colonne suivante sans qu'aucune flèche ne fût lâchée. L'archer avait sûrement changé de position, il se mit alors à courir passant la dernière colonne et s'engagea à toute allure sur le sentier de pierre qu'il avait grimpé pour accéder au temple. Il vit apparaître un homme de troupe, arc en main, qui surpris de le voir surgir n'eut pas le temps de saisir son arme avant que Dighénis lui assène un coup fatal, lui tranchant la moitié du cou d'où s'écoula un flot continu de sang. L'homme n'émit qu'un léger borborygme. Son visage était marqué d'un mélange de stupéfaction et de souffrance. Son corps chuta lourdement au sol, s'agitant comme la queue coupée d'un lézard. Dighénis prit l'arc et une flèche dans le carquois du combattant. Un autre combattant sortit des buissons, armé d'une épée, intrigué par les bruits de la lutte. Dès qu'il vit Dighénis, il se jeta en avant. Sans hésitation, Dighénis tendit la corde et fit siffler la flèche. Elle l'atteignit en pleine poitrine. Le combattant plia les genoux, tenant la tige de la flèche entre ses deux mains, criant de douleur. Dighénis se jeta sur lui pour l'atteindre à l'épaule avec son épée. Le combattant ne fut pas tué par ce second coup et émit un gémissement affreux. Dighénis ne prit pas le temps de l'achever, il s'engagea d'où le combattant était venu. Des pas pressés dans les éboulis de roches se firent entendre, trahissant la fuite précipitée d'un troisième comparse dévalant la pente entre les buissons. Dighénis le talonna. Il le poursuivit dans la descente, louvoyant entre les rochers et la végétation d'épineux. Dighénis parvint sur une large surface plate et herbeuse parsemée d'arbustes, c'était un lieu dégagé où Dighénis avait attaché son cheval. Du combattant qu'il poursuivait, il ne restait qu'un nuage de poussière qui s'élevait derrière la course effrénée d'un cheval. Sa monture frappait le sol avec toute la force de ses sabots, la mort à sa poursuite, le cavalier, les éperons dans les flancs du cheval. Dighénis ne pouvant le rattraper, le laissa fuir et revint sur ses pas. Ces hommes de troupes n'étaient pas des brigands ou des rançonneurs de grands chemins, mais des hommes d'armes habitués aux métiers de la guerre. Leurs armures de cuir étaient cousues de pièces de métal et leurs équipements en attestaient. Ce qui ennuyait Dighénis, c'était que ces combattants n'étaient pas des étrangers, mais des soldats francs à la solde d'un commanditaire. Deux d'entre eux ne pourraient pas profiter de leurs richesses bien mal acquises et le troisième devrait s'expliquer sur leur échec et répondre de sa propre fuite. Dighenis allait devoir être dorénavant sur ses gardes, il devrait craindre une nouvelle tentative d'assassinat. Dighénis n'était pas homme à s'alarmer pour si peu. Il ne craignait ni les blessures, ni les douleurs, pas même la mort, seulement la malédiction. Dighénis, né en Cilicie, aux confins orientaux de l'empire byzantin et à la frontière de la dynastie musulmane des Ayyoubides, était connu pour sa vaillance et sa bravoure au combat, et ce qui s'était passé ajouterait quelques lettres à sa légende, et pourrait être conté par les poètes, versificateurs et chantres jusqu'à la nuit des temps. Dighénis alla fouiller les soldats. Il découvrit dans la doublure de leur veste de cuir épais quelques pièces d'or et d'argent, un acompte possible pour son exécution.

- Vous n'en profiterez point vivants mes larrons, s'exclama Dighénis.

Sur eux, Dighénis ne put trouver quoi que ce soit qui aurait indiqué qui étaient exactement ces hommes ou qui les avait envoyés. Dighénis quitta rapidement les lieux pour éviter des embêtements avec la population locale qui apprécie mal de voir des hommes tailladés et morts par ses chemins. Il reprit prestement la route, chevauchant en direction d'un village où devait s'être établi son compagnon d'arme chypriote : Marcos Christofia. Les informations qu'il avait en main étaient réduites, provenant de paroles rapportées près d'une année auparavant d'un compagnon commun rencontré en Syrie.

Au tiers de sa course, le soleil de Chypre brûlait d'ardeur. Dighénis avançait sur un chemin de terre poussiéreuse et de pierrailles. Il serpentait le long de la côte et pouvait à loisir contempler toute l'immensité de la mer. De longues plages de sable alternaient avec des côtes rocheuses. Dighénis savait que Marcos avait décidé de quitter le mercenariat pour une vie de paix. N'allait-il pas importuner son ami ? s'interrogea-t-il. Sur le chemin, Dighénis parvint à un carrefour, croisement de plusieurs routes au milieu duquel des symboles religieux de l'église orthodoxe étaient plantés. Dighénis ne sut quelle route prendre. Il opta pour la plus logique.

- Pour rejoindre Larnaka, suis la côte durant plusieurs heures, laisse la mer derrière toi et enfonce-toi dans les terres vers l'ouest, avait assuré un vieux pêcheur du port de Famagouste.

Dighénis prit le chemin, il s'engagea dans une suite continuelle de collines, peu assuré de sa décision, tant les chemins étaient nombreux en ce pays. Dighénis n'aperçut qu'un berger qui gardait un troupeau de mouflons, celui-ci confirma à Dighénis qu'il se dirigeait bien vers Larnaka.

Le vent soufflait dans ses cheveux mi-longs, le soleil lui chauffait le visage et la nuque, devant lui la mer s'étendait. Au détour du sentier, des maisons de pierres apparurent. Dighénis dépassa quelques habitants qui revenaient des travaux des champs, ils l'observèrent avec curiosité et méfiance.

- Laborieux travailleurs dont l'unique bonheur quotidien est de contempler la mer dans l'infini de leur malheur, pensa Dighenis.

Lui qui avait parcouru les chemins et les flots, combattant sa vie entière pour poursuivre la renommée et le prestige en une vie de dévouements et d'abnégations, lui qui n'avait connu que peu la quiétude du foyer, lui qui n'avait connu que malheurs et guerres, enviait parfois ceux qui menaient une vie si paisible, rythmée par les saisons. Dighénis, le seigneur de Cilicie, n'avait rien de commun avec le paysan. Quand Dighénis luttait férocement devant plusieurs adversaires dans une lutte à mort sur le champ de bataille, le paysan faisait naître le pain des champs de blé.

Larnaka réunissait plusieurs dizaines de logis de pierre et de bois. De la vigne grimpait le long de leurs murs. Les modestes habitations n'avaient pour seul élégance que de dissimuler la misère de leur intérieur. Elles se rassemblaient autour d'une chapelle. Celle-ci accompagnait le troupeau apeuré des paysans jusqu'à moment de les ensevelir en terre. Plusieurs ruelles poussiéreuses s'entrecroisaient. Elles n'avaient aucun pavement et en leur milieu, elles étaient creusées d'une rigole pour évacuer les eaux usées. Leurs directions conduisaient inexorablement vers la chapelle devant laquelle se tenait un religieux orthodoxe. C'était un novice, habillé entièrement de noir, il se tenait droit et avait la mine déjà sévère, interprétant avec justesse son rôle attribué. Sur un large banc de pierre, deux anciens se tenaient, et un autre religieux plus vieux encore s'il était possible, se trouvait au milieu. Les deux anciens et le vieux pope posaient un regard silencieux et inquisiteur sur Dighénis. Le vieux pope avait une barbe épaisse gris sel, une mine renfrognée, un visage creusé de rides profondes et un regard noir.

- Bonjour, je cherche la demeure de Marcos Christofia, savez-vous où je dois me conduire pour y parvenir ? demanda respectueusement Dighénis.
- Cherche la plus grande et la plus somptueuse des demeures, dit un des vieux en indiquant du bras la direction à prendre.
- D'où viens-tu étranger ? Tu n'es pas chypriote, interrogea le pope.
- Je viens du rivage oriental, de Cilicie, assura Dighénis.
- Tu es musulman alors ! s'exclama le pope.
- Il est évident que non, répondit Dighénis, sachant que ces terres intolérantes ne connaissaient rien de la religion du prophète et de ses bienfaits. Ignorants, ils s'autorisaient à vitupérer et à condamner avec la plus grande des violences la religion musulmane.
- Alors que Dieu guide ton chemin et que le seigneur éclaire tes pas, proclama le pope.
- Merci, au revoir, dit Dighenis en frappant des étriers les flancs du cheval.

Dighenis passa devant quelques marchands affairés, leurs étals étaient chargés de marchandises : des poteries, des olives, des huiles, des vins et des outils.

- Une région riche et prospère, pensa Dighénis.

A la limite du village, Dighénis parcourut peu de chemin pour être sublimé par une imposante entrée en pierre. Une allée montait en pente douce jusqu'à une vaste demeure à l'architecture antique. La différence avec toutes les autres habitations ne pouvait qu'ôter tout doute possible. Dighenis s'engagea dans la propriété assurée qu'elle était bien celle de Marcos. Plus il s'approchait, plus la demeure grandissait et ses dépendances s'ajoutaient. Des statues d'Aphrodite, déesse de l'amour, des plaisirs et de la beauté, accueillaient le visiteur. Elles étaient vêtues d'un unique pagne de pierre léger au vent, elles charmaient par la courbe féminine de leur corps sensuel et la volupté d'une poitrine nue. Elles retenaient de leurs mains, sur leurs têtes, des jarres emplies de fleurs. Un serviteur se présenta. Le visage fermé, plein de méfiance, il observa Dighénis en détail :

- Je désire voir Marcos Christofia, déclara Dighénis devant le serviteur resté perplexe quant aux intentions de cet étrange voyageur.
Je me nomme Dighenis et viens voir ton maître pour une raison que je ne peux qu'à lui seul annoncer.
- Je vais prévenir mon maître, affirma le serviteur en entrant dans la demeure mais gare à toi si je vais le déranger inutilement !

Dighenis s'étonna d'une telle arrogance et patienta. Le soleil déclinait, il se faisait fin d'après-midi. Il attendit jusqu'à entendre les paroles hautes et connues.

- Dighenis ! ventre-dieu ! Dighenis ! mordiable ! Où es-tu ?

Dighénis vit apparaître Marcos Christofia, personnage à la force physique et morale peu commune. Marcos avait un visage forgé, un corps épais et musculeux. Une cicatrice lui barrait le front et une autre lui zébrait l'avant-bras, évoquant la dureté des rudes années de combat. Ce corps faisait de Marcos un personnage peu gracieux. Il le dissimulait par une longue tunique de fort bon tissu, ceinturée à la taille. Son aisance vestimentaire reflétait une réussite indéniable.

Marcos s'approcha de Dighénis d'un pas déterminé, il le serra fermement de ses bras en un étau puissant, puis il lui asséna de grandes tapes amicales sur l'épaule. Dighénis lui souriait, Marcos restait identique à lui-même, homme fort et bienveillant.

- Ta visite m'honore, Dighenis, as-tu décidé d'arrêter de combattre et de profiter de la paix des braves ?
- Voilà bientôt près de deux ans que tu nous as quittés, beaucoup de nos anciens compagnons sont morts. Depuis lors, j'ai souvent pensé m'établir dans une province plus

calme, et lorsque j'ai décidé de ne plus combattre, le cor a sonné. Dighénis laissa un silence avant de poursuivre. Venant de l'est, les mongols déferlent en Cicilie. J'ai quitté mes terres à feu et à sang, contraint et forcé. La Syrie n'est plus, les cités de Damas et d'Alep sont tombées, déclara Dighenis d'une voix posée mais transpercée par une profonde colère.

- Ce que tu me contes me désole, apporte-moi plus de paroles en entrant dans ma demeure, les murs n'y ont pas de souris, dit en souriant Marcos.

Dighenis et Marcos, suivis d'un serviteur, entrèrent dans la demeure. Les pièces y étaient hautes et richement décorées de fresques. Le sol était recouvert d'une mosaïque colorée de chasseurs et d'animaux sauvages. Des tapis de soie aux motifs floraux venus d'orient ornaient les pièces et traduisaient l'attachement de Marcos pour l'art oriental.

- Tu as du mérite d'avoir un logis si plaisant pour les yeux.
- Mon ami, le commerce est favorable, plus profitable que la guerre je te l'affirme, je suis ici mon propre général. Je sais que tu ne viens pas convoiter mes richesses, je peux néanmoins te financer en armes et en combattants, proposa Marcos.
- Tu te trompes sur mes intentions, je ne savais pas que tu avais fait bonne fortune, et ce n'est pas la raison de ma venue, assura Dighénis contemplatif.

La demeure avait une cour intérieure, un quadrilatère régulier à colonnes autour duquel se rassemblaient les pièces de la demeure. La voûte de la cour était le ciel bleu qui laissait pleuvoir dans ce puits de lumière la fraicheur de fin de journée. Dans un renfoncement, Marcos et Dighenis s'installèrent sur des coussins brodés, près d'un coffre de bois finement ciselés sur lequel étaient posés des manuscrits calligraphiés.

- Apporte-nous le vin des fêtes et de quoi nous restaurer. Je célèbre la venue d'un hôte dans la paix et l'amitié, dit joyeusement Marcos au serviteur, qui s'empressa de répondre aux volontés de son maître.

Suivant du regard le serviteur qui s'éloignait, Marcos poursuivit :

- Je vois que tu apprécies les lieux, cette demeure dispose d'aménagements de confort que tu ne trouveras pas dans la cité, tu peux y rester autant que tu le souhaiteras, tu es ici chez toi.

Dighenis avait la mine sévère. Venu de Cilicie, les lamentations des mourants s'élevaient en une plainte continuelle à ses oreilles. Dès le lendemain, après une nuit de repos, il lui faudrait agir avec détermination pour sauvegarder son peuple et les siens qui étaient la proie des mongols.

- Tu me dis que la Cilicie est à feu et à sang, alors te connaissant, je m'étonne de te voir me faire visite au lieu de combattre corps et âme les mongols. Raconte-moi ce qui t'amène loin de tes terres de Cilicie, demanda Marcos.

Dighenis évoqua l'attaque des hordes mongoles en Cilicie, les tentatives désespérées de résister dans la forteresse de Bâlis, la retraite jusqu'à Alep et sa chute inévitable. Plus Dighénis avançait dans son récit, plus Marcos s'assombrissait, le regard plein de gravité. Il connaissait la cité d'Alep et la savait pourvue de puissantes fortifications. Marcos savait que la prise de la cité avait nécessité une grande force et de mortels efforts. Dighenis poursuivit son récit en évoquant le messager et la lettre du prêtre récupérée. L'écrit et le calcul étant des outils indispensables et parfaitement maîtrisé pour Marcos, l'artisan du commerce, il n'eut pas de difficulté à traduire le texte latin pour en comprendre le sens et l'intérêt.

- Dighenis, l'année dernière, je n'aurai pas cru possible d'entendre que la ville de Bagdad soit tombée aux mains des troupes mongoles, et pourtant rien ne parait les arrêter. Depuis plusieurs lunes, je craignais d'éventuels tourments, intuition de soldat peut-être, mais pas uniquement. Les bateaux de commerce sont régulièrement rançonnés, au plus près de nos côtes. La lecture de la missive valide mes craintes les plus obscures : les mongols ne stopperont pas leur chevauchée aux portes de l'Occident. Qu'attends-tu de moi ? l'interrogea Marcos.

- Je veux par ce document, prévenir les seigneurs francs, et obtenir leur soutien et leurs armes, je veux reprendre chaque village et cité de Cilicie aux mains des mongols, assura Dighenis.
- J'entends tes paroles, mon ami, mais je crains que les barons francs soient informés des événements qui agitent les alentours de leurs principautés et voudront s'en tenir éloignés. J'ai cru comprendre que des seigneurs francs soutiennent les mongols, certains ont participé à la prise d'Alep. Tu peux être écouté par d'autres, des dissensions profondes existent entre eux.
- Les barons devront ouvrir les yeux devant la traîtrise. Pour ne pas mourir en aveugles, ils doivent briser cette mauvaise alliance avec feu, assura Dighénis.
- Je perçois ton empressement, je t'aiderai mon ami, sois-en sûr, nous irons à la cour pour demander audience. J'ai des connaissances qui pourront nous être utiles, commençait à comploter Marcos.
- Je ne veux pas que tu m'accompagnes, répondit Dighénis.
- Tu m'insultes ! Que me racontes-tu là ? s'offusqua Marcos, homme de droiture et de parole.
- Je ne t'ai rien dit pour ne pas t'alarmer, mais en venant chez toi, j'ai été attaqué par des hommes en armes. Trois soldats francs, qui pour une raison que j'ignore, ont voulu m'assassiner. Mal leur en a pris à ses aspirants meurtriers, ils ne connaissaient rien à leur besogne ! s'exclama Dighénis.
- Étaient-ils à la solde des mongols ou exerçaient-ils pour leur propre compte ? demanda Marcos.
- Ils ne purent faire tant de confidences, le glaive trancha leurs paroles qui ne s'achevèrent que par des supplications. De leur fouille, je n'ai rien conclu. Cette attaque porte des intentions précises, aucun homme n'agresserait un chevalier sur la terre franque de Chypre sachant ce que cela pourrait lui en coûter, affirma Dighénis.

- Cela je confirme, delà à assurer l'origine mongole de cet acte insensé, je ne pourrais le dire. L'ombre de nombreux vautours tournent dans le ciel de Chypre, s'exclama Marcos.
  N'aie crainte, ma demeure est bien gardée. Ensemble, une armée ne suffirait pas à nous déloger et nous abattre, poursuivit Marcos en riant. Il serra fermement l'avant-bras de Dighénis avant de poursuivre :
  Tu vas t'installer, nous mangerons ensemble, je vais faire préparer notre départ.
- Tu as conservé bien des dispositions pour l'armée, Marcos, dit Dighenis.
- Cela a certainement aidé mes affaires, dit Marcos tout en s'éloignant.

Dighenis se lava, plongeant son corps endolori par tant de jours d'un voyage dans des conditions parfois austères. Dans une grande cuve cerclée et remplie d'une eau chaude, ses cheveux châtains bouclés mi-longs, son visage couvert d'une barbe épaisse et ses épaules musclées disparurent dans une épaisse colonne de vapeur montante. Apaisé par les eaux chaudes, Dighenis était reconnaissant de l'accueil de son ancien compagnon d'armes Marcos. Après les ablutions, il se promena dans le vaste jardin, admirant les vergers d'oliviers qui s'étendaient dans la propriété. Par la plénitude des lieux, le chevalier de Cilicie pouvait comprendre la sérénité de son compagnon. Dighénis vint à douter de l'intérêt de troubler une telle quiétude. Cet air frais, cette vue sur la mer lointaine, il se disait que le pays était beau et ne comprenait que mieux le désir de son compagnon. Marcos aimait la vie, il était homme de la terre. Avec ses mains, il entretenait quelques lopins plantés d'oliviers et de vignes autour de sa demeure. Les grappes de raisin étaient alourdies de grains mûrs, et les olives grasses et vertes abondaient au sol. Le souvenir brûlant de la Cilicie se rappela à la mémoire de Dighénis. Il fut envahi d'une impatience grandissante, il ne voulait pas avoir quitté les terres de Cilicie et abandonner les siens, pour une illusion. Dighenis s'apaisa en pensant qu'il devait partir le lendemain pour la cour des Lusignan.

Dans le rouge sang du soleil mourant qui disparaissait dans le lointain et allait se noyer dans la mer, Marcos et Dighenis se retrouvèrent à partager un mézzè. C'était un assortiment varié de plats, de fromages et de légumes marinés, de feuilles de vignes farcies et d'olives, de viandes et de gâteaux de miel. Une telle profusion de mets pouvait contenter plus de deux hommes. Une pensée vint l'assaillir : celle des siens luttant contre le froid et la faim. Il s'obligea à rester serein, il lui faudrait du temps pour réunir les troupes et l'argent nécessaires à la reconquête.

Une servante, vêtue d'une longue et fine tunique blanche à manches courtes lui versa du vin dans une coupe de cuivre ciselée.

- N'as-tu ni femme, ni enfants, où les caches-tu de peur que je ne les effraie ? demanda Dighenis à Marcos.
- Ma femme risquerait de partir avec toi, mon ami. Je sais que rares sont les femmes qui te résistent, répliqua Marcos en souriant.
- Ces temps sont révolus, j'ai une province à administrer, ou j'avais, dit Dighenis d'une voix teintée du remord d'avoir abandonné les siens.
  Combien d'enfants as-tu ? demanda Dighénis.
- J'ai une fille. Tu ne pourras voir sa beauté en ce jour. Comme sa mère, elle est rarement en cette demeure. Toutes les deux, n'apprécient point la campagne, c'est pourtant un refuge agréable à vivre.
- Presque un palais ! Jugea Dighénis.
- Je veux maintenant te parler de ce que tu as évoqué en arrivant, j'ai compris tes intentions et les approuve, il faut pourtant que tu saches que les dignitaires francs sont sur le déclin, leur puissance s'amenuise, leur autorité est de plus en plus contestée, expliqua Marcos.
- Ce que je veux, c'est simplement pouvoir rallier la Cilicie avec des forces suffisantes pour repousser les mongols au-delà de l'Euphrate. Je vais reconquérir mes terres. Pour affronter les mongols, une troupe d'hommes n'est pas suffisante, il faut une véritable armée équipée et entraînée, assura fermement Dighenis.
- Je n'ai pas dit que c'était voué à l'échec, ce que tu as en ta possession est un atout précieux. Je pense que nous devrions

nous adresser à l'église orthodoxe, elle est influente, puissante et riche.
- C'est entendu, je partirai demain.
- Nous partirons ! S'exclama Marcos.
- Non, je vais y aller seul, toi et les tiens risquez d'avoir de graves ennuis.
- Que dis-tu ? J'ai fait les préparatifs pour nous deux. Un homme d'armes nous accompagnera.

Marcos poursuivit sans laisser le temps de la réponse. Je te respecte Dighenis, et tu m'offenserais gravement si tu refusais, cela tu le sais, c'est pour cela que tu vas accepter.

Dighénis le regarda, il ne pouvait refuser sa proposition.

- Comment pourrais-je m'acquitter un jour d'une telle dette ? lui demanda Dighénis.
- Rien n'est acquis, nous nous réjouirons lorsque la Cilicie sera libérée, lui répondit-il.

Le repas terminé, la nuit recouvrit le monde des hommes de son ample manteau. Durant plusieurs parties de tabula*, Dighénis et Marcos échangèrent aventures, racontars et nouvelles. Ils se narrèrent les années écoulées depuis que Marcos avait rejoint Chypre, son pays natal. L'heure devenant tardive, la fatigue pesant sur les corps et la journée du lendemain s'annonçant épuisante, ils allèrent se reposer pour une nuit de sommeil.

Le lendemain matin, Dighénis rejoignit Marcos qui finalisait les préparatifs de départ.

- Le sommeil t'a-t-il rendu des forces ?
- Ce fut une paix, répondit Dighénis.
- Alors hâtons-nous de partir pour nous mettre en guerre, assura Marcos en riant.

Les deux compagnons quittèrent la demeure. Ils traversèrent le village de Larnaka. Ils partaient quérir un appui auprès des Lusignan, espérant être introduit à la cour où ils s'adresseraient à un responsable de l'église. Leur sollicitation dépassait leur propre existence. Dighénis était porteur de sombres menaces venues d'Orient : l'ombre mongole s'étendait progressivement. Elle tissait une toile d'araignée de plus en plus large, qui s'étendait des confins d'Orient aux marches de l'Occident. Dighénis se portait en annonciateur, soufflant son cri dans l'olifant pour avertir du danger à venir devant l'intrusion expansive des mongols. Pourrait-il obtenir le soutien des grands du royaume francs de Chypre pour reconquérir la Cilicie ? Il ne pouvait douter de la réussite de son entreprise, il lui fallait réussir.

A Nicosie, ville la plus admirable de l'orient latin, la cour des seigneurs francs de Chypre s'était établie. Elle était fort prospère, malgré la guerre civile qui avait fait rage dans le royaume. Celle-ci avait saigné à blanc la population et ses maîtres. Deux années s'était écoulées depuis, elle laissait des entailles profondes dans les familles et les âmes. La domination des barons francs était renforcée par la présence d'ordres militaires puissants qui œuvraient en terre sainte. Les templiers et les hospitaliers possédaient de nombreux biens et terres dans le sud de l'île, Chypre était pour eux une base arrière. Dighénis connaissait leur valeur, il avait vu les moines-soldats combattre sur les plus sanglants champs de bataille et porter la bannière de la croix sur les chemins de Palestine les plus éloignés.

- Par où allons-nous ? demanda Dighénis.
- Nous allons à Lemesos. Un informateur m'a renseigné, la cour des Lusignan réside actuellement dans un château à Kolossi, près de Lemesos, ils y sont pour plusieurs jours. Cela nous évitera de parcourir l'île vers le nord pour aller à Nicosie, c'est un signe bienveillant des dieux.
- Tu es fervent et pieux dès que les dieux te tendent la main, et leur pire ennemi dès qu'ils n'agissent comme tu l'espères, commenta Dighénis.

Un homme d'armes les suivait, un colosse silencieux et taciturne qui assurait leur protection. A la vue de ce trio de combattants, plus armés que des croisés allant guerroyer en Terre Sainte, aucun homme sain d'esprit, ni aucune troupe la plus enhardie qui soit, n'aurait pris le risque de venir les affronter sans être certain de le payer chèrement de leur vie. Ils chevauchèrent la matinée durant. L'après-midi était fort avancé quand ils parvinrent, dans une campagne de maquis et d'arbustes, au château construit par les Hospitaliers à Kolossi, près de Lemessos.

Marchands et paysans, chevaliers et mendiants, saltimbanques et artisans se côtoyaient dans un flot de paroles et de gestes. Un nuage de poussière s'élevait du piétinement agité et continuel de cette foule dense. Le regard plein de suspicion, des moines scrutaient les déambulations de la foule, s'y mêlant en petits groupes avec un plaisir dissimulé. Les paroles entendues allaient d'un monastère à l'autre par l'intermédiaire de ses envoyés de Dieu. Ils prêchaient la parole de Dieu sur leur chemin. Les musiciens, jongleurs, acrobates et dresseurs apportaient un autre salut, une espérance de félicité. Leurs joyeuses messes réunissaient plus de croyants fidèles que les litanies latines des religieux. Les voix des marchands s'élevaient hauts dans la foule. Sur leurs étals, s'exposaient de la laine ou du tissu, des outils ou des armes, du vin ou de la nourriture. Dighénis, Marcos et leur homme de garde se frayèrent facilement un chemin, la foule s'écartait à la vue des trois hommes armés. Les cris d'un homme s'élevèrent sur leur droite, captant leur attention. Derrière une toile de tente, un arracheur de dents en pleine besogne œuvrait au supplice.

- Il faut être téméraire pour affronter pareil tortionnaire, dit Marcos.
- Aucune dent ne me fait plus souffrir, il faut croire que les cris sont un efficace remède, assura Dighénis, souriant.

Dighenis et Marcos s'approchèrent du domaine royal délimité par un premier mur d'enceinte de hauteur d'homme. Pour le dépasser et entrer dans le domaine, ils se présentèrent devant une large porte de bois cloutée et fermée. Deux gardes armés étaient postés au-devant, ils les regardèrent venir avec attention et méfiance.

- Je suis Marcos, marchand de Nicosie, se présenta-t-il d'une voix forte aux gardes.
  Cet homme est Dighénis, seigneur de Cilicie, gouverneur de Bâlis, il doit rencontrer les barons francs de Lusignan, affirma t'il.

- Votre homme d'armes et vos chevaux ne peuvent pas entrer, affirma l'un des gardes.
- Qu'il en soit ainsi, confirma Marcos.

Dighénis et Marcos franchirent la porte et entrèrent dans le domaine royal.

Chapitre 3. Sybeline

Le soleil brillait fort. Dans le domaine royal, une allée pavée fit place à la terre rouge et poussiéreuse des chemins, elle menait au château. Délimitée par les murs du domaine, une étendue d'herbe jaunie plantée d'arbres s'étendait au regard de Dighénis. Elle était raboutée par des chèvres qui vivaient là, attendant de servir de repas aux maîtres des lieux. Des figuiers vert et piquants se logeaient dans les angles des murs de pierre du domaine. A sa gauche, repartis de chaque côté du jardin-verger, deux longues masures se tenaient le long du mur d'enceinte. Les frappes cadencées d'un marteau trahissaient la présence d'un forgeron dans l'une d'elle. Dépassé l'enceinte, la pauvreté avait disparue, plus de paysans ou de mendiants, seuls des serviteurs vêtus de bons tissus déambulaient d'un pas pressé. Des enfants couraient et s'amusaient sous le regard protecteur de leurs pépiantes tutrices. Elles chuchotaient à voix basse, s'échangeant les secrets les plus inavouables des alcôves de leurs seigneurs.

Dighenis et Marcos s'approchèrent de l'épais mur qui ceinturait le donjon et ses dépendances. Le château se dressait de toute sa force. Un immense donjon crénelé s'élevait devant eux. Des casques de fer scintillaient derrière les créneaux. A son sommet, un lion rouge et couronné se dressait sur ses pattes postérieures, devant un fond rayé de bleu et d'argent : la bannière des Lusignan flottait.

Marcos et Dighénis avancèrent devant la porte du pont-levis. Quatre soldats en assuraient la garde et leur barrèrent l'accès.

    -    Vous ne pouvez aller plus loin, déclara l'un d'entre eux.

Les soldats étaient vêtus de cuir et de métal, protégés de cottes de mailles. Ils portaient épées et long coutelas à leur ceinturon et soutenaient le poids de leur corps sur la lance qu'ils tenaient fermement.

    –   Notre venue est d'importance, il nous faut voir votre seigneur dans les plus brefs délais, insista Marcos.

Le silence fut l'unique réponse, ce qui valait pour un refus catégorique de les laisser franchir l'entrée. Ils ordonnèrent à Dighénis et Marcos d'attendre dans les dépendances la venue d'un page pour s'annoncer. Des marchands et notables y patientaient, attendant d'être autorisé à pénétrer dans le château. Dighénis et Marcos s'assirent sur un banc de pierres.

- Nous allons devoir user de persévérance, grommela Marcos. Attends, s'exclama t'il en fixant un homme du regard, je connais un visage familier, je vais aller m'entretenir avec lui.
- Bien, va parlementer, je vais t'attendre, acquiesça Dighenis.

Marcos s'approcha à grand pas d'un homme aux habits de lin finement brodés et de laine teinte qui sortait du château et traversait le domaine. Sa tenue et son attitude témoignaient d'un statut privilégié.

Dighénis observa les deux hommes qui se mirent à converser, ils se connaissaient. Le soleil restait haut dans le ciel pour une fin de journée. Il irradiait le visage. Dighénis pensa à sa famille qui vivait des heures sombres dans le froid des hautes montagnes de Cilicie. Ici, les gens vivaient en paix, des enfants riaient et couraient en tous sens. Dighénis était mal à l'aise devant tant de réjouissances et tant de joies alors que son âme était déchirée et pleine d'une triste noirceur.

Marcos revint. L'homme se dirigeait vers le château, franchissant sans la moindre difficulté le passage des gardes.

- J'ai pu nous obtenir une audience à la cour, nous allons être reçus, dit Marcos.
- Qui est cet homme ? demanda Dighenis.
- Un membre trop éloigné de la famille royale qui vient demander à profiter de subsides de notre bon roi Louis IX pour régler ses créanciers, dont des dettes qu'il a ouvert en mon établissement. J'ai pu négocier son aide assura Marcos.
- Quelle fut la contrepartie de cet arrangement ?
- J'ai réduit sa créance et le temps de son exécution, cela m'importe peu, il aurait de toutes les manières la plus grande des peines à me régler ce qu'il me doit, assura Marcos.

Peu de temps après, Dighenis et Marcos furent appelés par un petit homme chauve au visage disgracieux. Il portait l'accoutrement des grands serviteurs. Ses yeux sombres reflétaient dureté et intransigeance. Il s'approcha de Dighénis et de Marcos, les observant avec mépris, visiblement agacé des perpétuels quémandeurs exigeants des faveurs royales.

- Je suis Jean le maître des requêtes, assura-t-il sentencieusement.

Marcos le salua et présentant Dighénis des deux mains, il dit :

- Dighénis est seigneur de Cilicie et gouverneur de Bâlis, il a fait un long chemin depuis ses terres pour rencontrer les barons francs auxquels il doit évoquer des faits d'une grave importance pour la sauvegarde du royaume de Chypre.
- Tous les visiteurs évoquent la gravité de leur demande, sans pour autant préciser le sujet, quel en est le motif exact ? l'interrogea fermement le maître des requêtes, visiblement agacé des perpétuels quémandeurs exigeant des faveurs royales à la cour des Lusignan.
- Je dois évoquer avec le roi une question qui ne peut être exposée à vos oreilles et je dois parler aux barons de Lusignan dans les plus brefs délais, dit abruptement Dighénis qui s'impatientaient devant tant de difficultés et d'obstacles.
- J'entends fort bien votre demande et je me réjouis que vous portiez intérêt à la couronne de notre bon roi Hugues II, dit le maître des requêtes d'une voix traînante. Votre visage laisse penser que vous venez d'Orient, poursuivit-il, aussi soupçonneux comme sa fonction l'exige.
- Je suis seigneur de Cilicie. Ne seriez-vous pas où se trouve cette région pour me poser pareille question ? demanda Dighénis.
- Des terres riches et prospères entre l'Orient et l'Occident, assura Marcos plus prompt à la diplomatie que son compagnon. Il a combattu dans la vallée de l'Euphrate et à Alep pour faire face aux mongols. Un chevalier ayant fait

honneur et courage devant Mansourah avec le roi Saint Louis, et qui ne vient ici que pour la sauvegarde du royaume de Chypre, croyez-moi cela vaut votre écoute, assura Marcos plein de convictions.

- Le prince et la reine disposent d'informateurs sur les conquêtes du khan Houlagou. Ils n'ont point besoin de la parole d'un soldat venu de Syrie, répondit le maître des requêtes avec un ton plein de méprise.

Marcos s'élança à le convaincre avec force arguments. Sa tentative fut vaine, le maître des requêtes le stoppa dans son élan lui disant :

- Ce n'est pas la peine d'insister, le roi et sa cour sont fort pressés par bien d'autres affaires plus importantes que la vôtre. Je m'en vois désolé, il me faut vous refuser ce droit à la parole.

Entendant ses mots, Dighenis s'était empourpré d'une rage difficilement contenue, et la digue de sa colère risquait de rompre à tout instant devant la force des éléments. A l'instant opportun, Marcos retint la main de Dighenis qui allait empoigner le petit homme. Le maître des requêtes qui avait compris la menace, recula instinctivement d'un pas. Il allait appeler la garde lorsque Marcos intervint.

- Nous devrions nous entendre en gentilshommes, la prospérité et la sauvegarde du royaume des Lusignan sont nos impératifs, assura Marcos d'une voix complaisante. Je suis simplement un riche commerçant chypriote qui veut avoir le privilège de dire quelques mots à la cour, assura Marcos dissimulant dans l'échancrure de sa cape une bourse de cuir bien remplie d'écus.

Le regard du maître des requêtes se posait sur Marcos et retombait rapidement sur la bourse que Marcos soupesait d'une main alourdie. Le maître des requêtes était tiraillé entre les obligations de sa fonction et son désir d'accaparer cette richesse si facilement promise. Les forces en présence étaient inégales, pourquoi refuser d'acquérir richesse à moindre coût, pécule qui assurerait la concrétisation de ses dépravations les plus inavouables. Sa luxure était trop grande, et son honneur trop faible pour ne pas accepter la proposition. D'un geste prompt, il se saisit de la bourse et la fit disparaître dans une des grandes poches de sa tunique.

- Pour peu de temps, je vais vous introduire. Ne vous attardez pas, présentez-vous uniquement lorsque je vous le recommande, ni avant, ni après, précisa le maître des requêtes.
- Bien, bien, nous procéderons comme vous l'entendez, acquiesça Marcos.

Jean se retourna et leur fit signe de le suivre. Ensemble, ils s'enfoncèrent dans le château. Une galerie maçonnée et charpentée s'ouvrit devant eux. A son extrémité, une porte de fer de bois verrouillée stoppait quiconque se présentait. Un lourd heurtoir de fer était positionné à hauteur d'homme, silencieux et figé, il patientait la venue prochaine de visiteurs. Le maître des requêtes y frappa du poing.

Sur la porte, un judas protégé par une épaisse grille en fer s'ouvrit au second coup. Un soldat au chapeau de fer et portant une cotte de maille fit montrer sa vilaine trogne. Dans un galimatias, le soldat dit au maître des requêtes :

- T'es pas de l'esbouille comme nous aut', t'accompagnes ben, Jean sans la terre, lui dit le soldat, affichant un sourire béat.
- Silence devant nos hôtes ou ta langue pourrait retourner auprès de notre sauveur pour demander grâce devant tant d'effronterie, ordonna sévèrement le maître des requêtes, d'un ton ne laissant souffrir aucune contestation.

Le soldat ouvrit la porte qui racla le sol. Ce mouvement régulier et quotidien était parvenu à ronger d'usure la pierre. Dighénis, Marcos, précédés de Jean entrèrent dans le donjon du château. Ils gravirent les hautes marches d'un escalier de pierres étroit et sans lumière. Ils entrèrent dans une seconde salle ronde et vaste qu'occupait la garde. Le murmure des soldats présents s'interrompit, tous firent silence en observant d'un œil discret les nouveaux venus. Dighénis et Marcos traversèrent la salle, ils firent un léger signe de la main aux soldats en faction pour les saluer. Ayant vécu leur quotidien, ils savaient leur existence pénible et avaient enduré les longues heures d'impatience, de faim, de froid et d'attente du guet.

Ils montèrent un autre escalier. Des rires et de la musique parvinrent à leurs oreilles. Ils parvinrent dans une vaste pièce : une grande salle de terre battue, richement décorée de tentures brodées d'or et disposant de mobilier. Des musiciens couvraient le bourdonnement des voix d'une dizaine de personnes. Henri Ier de Lusignan était mort six années auparavant et son fils, Hugues II de Lusignan, enfant de huit ans, se tenait assis sur un trône, trop grand pour sa taille. Sa mère se tenait proche. Plaisance d'Antioche était tutrice de l'enfant et régente du royaume de Chypre. C'était une petite femme de vingt-six ans au visage fermé et intransigeant. Les nécessités du pouvoir et des responsabilités l'avaient fait vieillir plus rapidement que les jeunes femmes de son âge. Elle avait une longue chevelure châtain ondulée. Une fine couronne dorée sertie d'un petit rubis rouge, éclat de braise translucide, était posée sur sa tête. Elle écoutait avec attention et un calme réfléchi les barons francs conversant avec un évêque. Les barons, cinq hommes richement vêtus et parés de bijoux d'or, au visage endurci. La voix élevée et les gestes énergiques, ils évoquaient un contentieux entre l'archevêque latin et grec à Chypre. Dighenis s'approcha, réfléchissant à la manière la plus noble et la plus courtoise de s'annoncer.

- N'hésitez point, dit le maître des requêtes en tendant son bras vers l'assemblée, personne ne prêtait attention.
- Je me nomme Dighenis, commença-t-il d'une voix, Seigneur de Cilicie, gouverneur de Bâlis et d'Adana, j'ai combattu à Damiette et Mansourah avec notre bon roi Saint Louis.

Les têtes se tournèrent, des visages lui firent face, le silence s'imposa, Dighenis poursuivit.

- J'ai longtemps combattu pour le royaume franc avec les croisés. Aujourd'hui, une nouvelle menace est aux portes de l'Occident. Les mongols sont au faîte de leur puissance, leurs hordes mongoles ont déferlés sur la Syrie et ma terre de Cilicie, commettant les actes les plus innommables que Dieu ne pourra que punir sévèrement. Ils repoussent leurs frontières toujours plus loin vers l'ouest, d'ici peu ils convoiteront vos terres et vos richesses. J'ai en ma possession un document témoignant de leurs volontés destructrices. Des protestations montaient, des voix grognaient.

Chacun connaît l'alliance qui vous lie à eux, et vous, savez-vous que les mongols prévoient de s'emparer de l'île de Chypre, de vos biens et de vos terres ? interrogea Dighenis en élevant l'écrit pris de force au messager mongol.

Face à lui, les visages se fermèrent. La reine Plaisance d'Antioche le jugeait sévèrement d'un regard froid. Hugues II de Lusignan, trop jeune pour comprendre toute l'importance des paroles prononcées, laissait sa curiosité le conduire, et son attention était entièrement prise par les musiciens qui extirpaient de douces sonorités de leurs instrumens.

- Que dites-vous ? Parlez sérieusement ! s'exclama un homme vêtu d'un cafetan vert foncé et richement brodé.

Dighénis reconnut l'homme pour l'avoir maintes fois rencontré.
Il se nommait Sokar, il était l'émissaire du roi félon de petite Arménie Héthoum Ier, un roitelet violent et buveur. Rongé par la peur, il avait soutenu l'avance des mongols et apporté son soutien au plus grand malheur de son peuple. Sokar était un de ses rampants serviteurs, un personnage soumis et sournois, esclave malveillant qui œuvrait dans l'ombre.

« Pour ce coup, je ne voudrais sinon entendre comme il se peut faire que tant d'hommes, tant de bourgs, tant de villes, tant de nations endurent quelquefois un tyran seul, qui n'a de puissance que celle qu'ils lui donnent ; qui n'a pouvoir que de leur nuire, sinon qu'ils ont pouvoir de l'endurer ; qui ne saurait leur faire mal aucun, sinon lorsqu'ils aiment mieux le souffrir que de lui contredire. » [11]

Voyant d'un mauvais œil l'agitation enflée dans la salle, le maître des requêtes commanda aux gardes de faire cesser les heurts et de saisir les importuns. Les soldats s'approchèrent mais se stoppèrent. D'un signe de la main, la reine Plaisance d'Antioche avait ordonné qu'il n'en fût rien. Elle s'était levée du siège qu'elle occupait. Son visage reflétait une profonde irritation.

- Est-ce toi qui ordonne ? réprima fermement la reine, admonestation adressée au maître des requêtes.
- Non, répondit fébrilement celui-ci en s'agenouillant humblement en signe de soumission.
- Huissier, vérifiez l'authenticité du document, exigea la reine.

L'huissier qui se dissimulait dans une encoignure de la salle, apparut. L'homme avait le nez crochu, une tunique noire, et un crâne dégarni sur lequel s'accrochaient quelques touffes éparses de cheveux épais. Il évoqua à l'esprit de Dighénis un vautour vieillissant. D'un pas mesuré, l'huissier s'approcha et prit la missive que lui tendit Dighénis. Il posa son regard sur le sceau du khan avec l'œil averti du connaisseur. L'examen de l'homme-animal absorbait toute l'attention de Plaisance d'Antioche, de sa cour, des barons et des nobliaux ; les musiciens poursuivaient leur sérénade. Ayant observé avec minutie le document, l'huissier conclut :

- Je puis certifier de l'authenticité du document.
- Donnez-le-moi, dit fermement la reine Plaisance d'Antioche à son intention.

Un des plus proches conseillers de la reine, un homme robuste prit le document des mains de l'huissier et l'apporta à la reine Plaisance. Après avoir parcouru plusieurs lignes du regard, son visage se renferma plus encore qu'il ne l'était. Elle fronçait les sourcils, son front se plissa et son regard s'assombrit. Elle lut l'intégralité du texte, leva le regard sur l'assemblée et dit :

- Cela nécessite quelques éclaircissements, nous savions les troupes mongoles proches, elles menaient conquête en territoires musulmans. La missive annonce une expédition contre le royaume de Chypre, qu'est-ce que cette fable ? s'éleva t'elle en fixant un homme sur lequel se concentrèrent tous les regards.

L'homme se tenait proche du maudit Sokar. Lui était un oriental. Ses petits yeux noirs étaient cruels, son visage et son corps reflétaient des abus de chairs. Il se dissimulait dernière de riches parures et des habits orientaux d'une haute valeur. Il était vêtu d'une large veste de satin attachée par des boutons d'argent et une ceinture de soie. Il portait un ample pantalon de tissu brodé, et de hautes bottes à l'extrémité recourbée. En le regardant, l'observateur aurait pu s'émouvoir et prendre en pitié cet homme ventru, cela aurait été une grave erreur. Cet homme était l'ordonnateur des plus basses œuvres du khan, il avait fait exécuter les plus viles forfaitures, ses crimes étaient nombreux. Il n'avait pour souhait le plus cher que d'être craint de tous.

- Le représentant du khan Houlagou peut-il nous expliquer cette missive ? J'attends une réponse, s'agaça la reine Plaisance.

Plus une parole ne s'élevait de l'assemblée, plus une note ne sortait des instruments des musiciens. Toutes les sonorités ne laissaient que la faible trace d'une résonance lointaine dans la mémoire de chacun. A présent, le silence régnait. La musique ne réchauffait plus, et chacun ressentait toute la fraîcheur retenue par l'épaisseur des murs épais du château.

Le représentant mogol du khan Houlagou jeta un regard circulaire à toute l'assemblée et à la reine Plaisance d'Antioche. Il y mit une arrogante hostilité.

- Notre parole est respectueuse ! Cette missive n'est qu'une mystification éhontée ! Le khan Houlagou punira les menteurs qui veulent apporter mort et désolation dans votre royaume, s'exclama Sokar d'une voix épaisse.

Marcos retenait Dighénis qui menaçait à tout moment de s'emporter violemment devant les diatribes :

- Notre commerce est fructueux, la paix doit durer pour la prospérité de tous, affirma t'il. Il fit une pause, et ne laissant point la parole lui échapper, il continua :

- Qui est cet homme qui se présente devant nous ? Ne serais ce pas un de ses perfides infidèles qui ne peuvent dissimuler leur traîtrise ? Insinua-t-il en désignant de la main Dighénis.
- Retire tes paroles, sale chien, éclata Dighénis, dégainant promptement son épée provoquant un recul de tous ceux qui lui étaient proches.

Deux gardes pointèrent leurs lances en sa direction, n'attendant qu'un ordre pour agir.

- Cela suffit, ordonna Plaisance d'Antioche. L'ambassadeur du khan dit vrai, la véracité de cette lettre pourrait être mise en cause, et à sa lecture, je n'en fais point la traduction d'intentions belliqueuses. La mobilisation des troupes mongoles est une menace pour la dynastie musulmane des Ayyoubides, point pour le royaume de Chypre, jugea la reine Plaisance d'Antioche. Elle s'adressait à l'assemblée, sans porter le moindre des regards pour Dighénis, qui aurait pu être étranger à la scène.

Dighénis ne pouvait contenir ses paroles.

- Une vaste flotte se prépare à envahir le royaume franc de Chypre. Attendrez-vous qu'ils prennent pied sur les côtes pour intervenir ? Es-ce la peur ou la couardise qui vous fait agir ainsi ? interrogea Dighénis.
- Silence, sabra Plaisance d'Antioche.
  Chevalier, votre honneur n'exclut pas la retenue indispensable à votre rang. Le royaume de Chypre ne peut s'engager dans une lutte ouverte pour quelques lignes dont l'origine est fort contestable, nous ne pouvons porter foi à votre missive, conclut Plaisance d'Antioche, n'insistiez pas chevalier, vous pourriez être irrespectueux et cela vous en coûterait.
- Vous allez conduire le royaume de Chypre à sa perte, affirma Dighénis.

- Gardes raccompagnez-les, ordonna la reine Plaisance d'Antioche accompagnant ses paroles d'un mouvement de la main.

Dighenis ne put récupérer la missive restée dans les mains de la reine Plaisance d'Antioche. Ceinturés par plusieurs gardes, Marcos et Dighénis quittèrent la salle sous les rires et les quolibets. Épris de colère, Dighenis partit d'un pas résolu en lion furieux. Sortant du château, franchissant le mur d'enceinte, il se retrouva dans la cour. Dighénis était d'humeur guerrière. Il ne voulait pas dissiper inutilement ses forces, d'autres épreuves plus importantes l'attendaient.

- Je suis sincèrement désolé. Cela m'ennuie, avec ce refus royal, les représentants de l'église auront les oreilles closes, affirma Marcos en lui posant sa main sur l'épaule de Dighénis.
- C'était écrit mon ami ! Je te remercie de ton aide, nos chemins vont devoir se séparer de nouveau. Tes paroles et tes actes sont ceux d'un véritable ami, tes actions t'honorent ! Je vais retourner combattre les mongols et le traître de prince Héthoum Ier d'Arménie sur les rives de l'Euphrate. Je ne veux pas que tu m'accompagnes, tu as femme et enfants à nourrir et à protéger, annonça Dighénis.

Marcos ne disait mot, il savait qu'il ne pouvait point convaincre son ami en ses heures, décision était prise. Déçus du résultat de cette entrevue, Marcos et Dighenis s'apprêtaient à quitter l'enceinte du domaine lorsqu'ils furent interpellés. Quel ne fut pas leur étonnement lorsqu'ils comprirent l'origine de cette voix nasillarde : jean, le maître des requêtes.

- Que nous veut cet oiseau ? Je vais le saigner c'est assuré, jura hargneusement Dighenis.
- Du calme, du calme. Rien n'assure d'intentions belliqueuses, la garde l'aurait accompagnée, assura Marcos.

Jean, le maître des requêtes avançait en de courtes foulées. Ruisselant de sueur, il parvint devant Dighénis. Sa vigueur de combattant n'était en aucun cas à redouter si bataille il voulait mener, songea Dighénis en esquissant un sourire dans le coin de sa bouche.

- La reine Plaisance d'Antioche veut vous rencontrer pour éclaircir votre question, dit Jean embarrassé, et ne sachant quelle attitude adopter.
- Il n'est rien à éclaircir, plus que ce qui a été dit ou vu, trancha Dighénis.

L'ordonnateur du protocole se voyait reléguer à un simple rôle d'exécutant. La parole de Dighénis le frappait d'une lame tranchante, égratignant le maigre pouvoir dont il disposait. Il était blessé dans sa chair à devoir quémander leur retour auprès de la reine Plaisance d'Antioche.

- Ce soir, l'ambassadeur mongol sera absent, la reine sera plus disposée à vous dévoiler une réalité qu'elle n'aurait pu vous présenter devant tant d'oreilles, dit Jean s'étant assuré que personne ne pouvait entendre ses paroles.
- L'émissaire ne sera pas présent ce soir, se dit à voix haute Marcos.
- Bien, nous nous présenterons ce soir aux vêpres*, acquiesça Dighenis.
  Qui suis-je pour donner audience à la reine selon ma seule humeur ? pensa-t-il après s'être ainsi exclamé.

Dès qu'ils furent à l'extérieur de l'enceinte du domaine royal, Marcos et Dighenis rejoignirent l'homme d'armes qui les accompagnait. Il était assis, de marbre, à l'endroit précis où Dighenis et Marcos l'avaient quitté. Dighénis fut littéralement impressionné par le flegme de ce puissant combattant. Tous ensemble, ils s'éloignèrent à plusieurs centaines de mètres du marché qui installé devant l'entrée du château, laissait entendre ses voix graves, ses imprécations et son tumulte.

Ils louèrent les services d'une écurie pour garder les chevaux. Attachés par le licol, les sacs furent déharnachés, Marcos détacha ses armes : une épée courte et un arc.

Marcos écrivit un billet qu'il remit à l'homme d'armes pour informer femme et enfants de prendre des dispositions pour sa prochaine venue et celle de Dighénis, celui-ci partit prestement pour accomplir sa mission de messager.

- Pourquoi as-tu pris cet arc ? demanda Dighenis en regardant la longue tige d'if que tenait en main Marcos.
- C'est un moyen sûr de tenir à distance d'éventuels querelleurs, répondit Marcos.
- Je te reconnais bien là, dit Dighénis.
- Tu avoueras que ça m'a plutôt réussi jusqu'à maintenant.

Dighénis et Marcos gravirent à mi-pente une colline proche. Ils s'installèrent sous l'ombre de grands cyprès. Le lieu n'était peuplé que de chèvres qu'ils durent chasser. Ils patientèrent en conversant plaisamment. La lumière vint à décliner et les feux des chaumières s'allumèrent alentour. Le château laissant entrevoir des bouches rougeâtres, qui laissaient penser à incendie ou au purgatoire. L'air s'était rafraîchi et la lune étincelait en une boule blanche immaculée. Comme convenu, Marcos et Dighenis se présentèrent aux portes du château aux vêpres.

A l'entrée, les soldats qui n'étaient aucunement informés de leur venue, refusèrent catégoriquement de les laisser passer. Dighénis haussa le ton si fort qu'il mobilisa le capitaine alerté de tant de vacarme. Le capitaine les fit entrer en jetant un regard noir aux soldats de garde qui loin d'être fautif appliquaient scrupuleusement les consignes habituelles.

- Bonsoir, messeigneurs, assura une voix qu'ils ne pouvaient que reconnaître entre toutes, et qui était celle de Jean, le maître des requêtes.

Il se tenait près d'une des masures du domaine royale et faisait un léger geste de la main pour leur signifier sa présence.

- Voilà que tu nous donnes du « monseigneur » maintenant ! s'exclama Dighénis.
- Contente-toi de nous conduire auprès de la reine et fais silence, ajouta Marcos.

Jean ouvrit de grands yeux devant tant d'arrogance à son encontre mais resta muet. Les deux compères prirent plaisir à moquer la suffisance de l'enflé personnage, en mimant son attitude derrière son dos et riant à gorge déployée. Jean les dirigea vers le château, sans laisser entrevoir des grimaces, affecté qu'il était dans son humeur par les moqueries.

Dighénis et Marcos furent reçus dans une salle du donjon. Des torches brûlaient en dégageant une odeur âcre de fumée qui s'échappaient par les meurtrières desquelles un air frais entrait. Au rythme des flammes, des ombres lugubres dansaient sur les murs tapissés. Dighénis et Marcos attendirent peu de temps avant de voir apparaître la reine, suivie par la cohorte des barons francs les plus influents. Dighénis et Marcos plièrent genou à terre. La reine Plaisance se tenait devant tous les hommes, rocher indécelable face aux flots violents des tempêtes. Elle prit la parole.

- Relevez-vous ! Vous êtes sans conteste un chevalier plein d'élan ! Vous avez mis en émoi toute la cour, elle y a vécu de grandes aventures, assura la reine s'adressant à Dighénis.
- Le sujet a tant d'importance qu'il déchaine l'ivresse de mes paroles ! Il faut m'excuser des passions qu'elles font naître, lui répondit Dighénis
- Je ne vous en tiens pas grief. Le sceau du khan sur la missive est authentique, et ses intentions clairement précisées. Je veux connaître la situation actuelle en Syrie, éclairez-moi, exigea la reine Plaisance d'Antioche en s'adressant à Dighénis.
- Lorsque j'ai quitté la Cilicie, le félon roi Héthoum 1er avait reconnu la puissance et le pouvoir d'Houlagou. Les cités de Cilicie en résistance, ont été prises les unes après les autres. Pas une forteresse n'a pu résister à l'avance des troupes mongoles. Les églises ont été pillées, les maisons vandalisées, les habitants violentés et rançonnés. Alep est tombé entre leurs mains, affirma Dighénis. La Syrie est à feu et à sang !

Après un court silence, il reprit sa narration :

- La chute d'Alep confirmée, nombreux sont ceux qui ont fui dans les montagnes et ont tenté de s'organiser. Les mongols écrasent nos gens par leur nombre et leur force. Nous harcelons l'ennemi mais il n'y a point de victoire écrasante. Chaque jour qui passe voit disparaître de valeureux combattants. Des paysans se sont joints à nous. Ils manquent d'expérience, de courage et d'ardeur au combat.
- Et où sont les mongols à ce jour ? demanda la reine Plaisance que le discours sur le peuple combattant de Cilicie n'émouvait guère.
- Lors de ma partance pour le royaume de Chypre, les mongols poursuivaient leur course vers le Sud. De ma connaissance, ils n'ont point attaqué la principauté d'Antioche de votre frère. Les mongols longeaient l'Oronte et se dirigeaient vers Damas. Il faut stopper leur marche avant qu'ils ne parviennent jusqu'en Égypte.
- Et quel est notre intérêt de partir combattre les mongols en terre d'Orient et de nous opposer aux desseins de l'église ? demanda un des barons.

Celui qui s'exprimait était un homme robuste, aux larges épaules et au visage trapus. L'homme était vêtu d'une cotte de cuir serrée à la taille par une large ceinture. Elle retenait sur le côté une lourde épée enfermée dans son fourreau. Son large pommeau rond était enserré dans l'épaisse main du baron. Son maintien et sa stature dégageaient une grande force reflétant un solide caractère. La reine reprit la parole.

- Il y a peu, des informateurs m'ont précisé qu'une importante flotte et de nombreuses troupes se trouvaient concentrer près de Constantinople pour une destination qui ne leur était point connue. Des renseignements payés chèrement confirmaient l'éventualité une attaque de grande envergure contre le royaume de Chypre, conclut la reine en regardant les barons.

Les barons devinrent graves. Dighenis leur faisait face, il les observait, attendant de connaître leur position. L'hésitation et l'incertitude se lisaient sur les visages. Un homme aux joues creusées, au teint halé et à la barbe naissante s'avança pour prendre la parole. Dighénis l'observa avec minutie, il connaissait cet homme mais ne se souvenait du lieu, ni du moment de sa rencontre avec celui-ci.

- Toutes les vérités ne peuvent être dites. Entendues, elles doivent être considérées. Vous pourrez difficilement défendre l'île, vous ne comptez que quelques centaines de chevaliers et difficilement plusieurs milliers de combattants à pied. Connaissez-vous la puissance des armées mongoles ? Ne laissant le temps de la réponse à son auditoire, il poursuit.
- Elles sont plus puissantes que vous ne pouvez l'imaginer ; je ne sais comment agir pour défendre mes terres d'Orient. Je vais rejoindre Rama pour organiser notre protection, affirma l'homme en s'adressant à la reine et aux barons.

Tout en écoutant, Dighénis interrogeait sa mémoire. Cette parole lui était singulière. Souffle du passé, le souvenir lui revint. Dighénis l'avait aperçu sous le soleil d'Égypte, à Damiette, lors de la septième croisade de Saint Louis. Il se nommait Jean d'Ibelin, comte de Jaffa et d'Ascalon, bailli de Jérusalem. Ils avaient combattu ensemble.

Jean d'Ibelin, comte de Jaffa et d'Ascalon, bailli de Jérusalem était un noble franc qui n'avait que le titre. En réalité, Jérusalem ne lui appartenait pas, et il ne disposait que de quelques villages au milieu d'une terre stérile. Homme désargenté, il était pourtant un fier et grand combattant qui avait toujours lutté avec vaillance. Son corps portait les stigmates des luttes acharnées qu'il avait menées tout au long de sa vie.

- Il faut nous préparer, s'éleva la reine.

La voix aiguë et autoritaire de la reine Plaisance extirpa Dighénis de ses souvenances orientales.

- Dighenis, seigneur de Cilicie. Votre épée et votre connaissance me seront nécessaires. Restez auprès de nous au grade de capitaine dans l'une de nos garnisons, repoussez l'invasion mongole. Notre victoire assurée, je veillerai à vous accorder monnaies et troupes nécessaires pour reprendre possession de vos terres, proposa la reine.

Dighenis était meurtri d'avoir laissé ses compagnons d'armes et les membres de sa famille sur les terres de Cilicie, eux qui combattaient sans relâche et au prix du sang l'ennemi mongol dans les hautes montagnes de Cilicie. Pour assurer la libération de son peuple et la reconquête de ses terres, il accepta pourtant l'offre de la reine.

- J'ai connu la bataille et je veux être intégré à la garnison, au rang qui vous plaira, Madame, demanda Marcos à la reine.

La reine se tourna vers son conseiller, un homme grand et maigre, pale et triste. Habillé du noir de la corneille, il croassa :

- Il se nomme Marcos Christophias, c'est un commerçant de Nicosie que beaucoup apprécient, bien plus encore craignent. Il est de réputation habile et féroce.
- Et un redoutable combattant, ajouta Dighénis.

Marcos restait humble et silencieux devant tant d'honneurs. Tête baissée, un genou plié au sol, cet homme puissant n'obéissait pourtant qu'à sa seule volonté. La reine l'observait silencieusement. Dighénis connaissait ce compagnon, bienveillant et généreux pour ceux qui le respectait, brutal et querelleur pour ceux qui le menaçait. Marcos avait une force de caractère qui s'affirmait au cœur de la bataille. Devant la reine Plaisance, il n'y avait point de soumission, seulement un hommage royal.

- Je crois avoir compris que l'un des nôtres, le plus fidèle intendant du royaume est mort récemment, c'était un homme fort utile en ses temps troublés. Sa fonction est tienne si tu acceptes, proposa la reine Plaisance.
- Accepte mon ami, dit Dighenis qui voulait sauvegarder la vie de son ami, et ne pas l'exposer aux combats.
- Ce serait un honneur que de servir le royaume de Chypre, accepta Marcos.

- Il vous faut préparer hâtivement soldats et châteaux, ordonna la reine Plaisance en s'adressant à tous les barons.

La reine quittait la salle suivie par la cohorte des barons qui commençaient à mener chaude conversation sur les préparatifs. Les lendemains de guerre animaient les plus jeunes nobliaux d'une ferveur guerrière, les égayant d'une possible quête d'honneur où chacun se voyait dresser l'épée sur l'ennemi au cœur de la bataille. Les plus anciens, tel que Jean d'Ibelin, Marcos ou Dighénis connaissaient la vérité : la réalité n'avait rien de commun avec les chants des troubadours qui contaient bravoure et honneur. Ceux qui n'avaient vu pareille barbarie, et se réjouissaient de la guerre à venir, l'apprendraient bien assez tôt à leurs dépens.

Dighenis se présenta à Jean d'Ibelin. Marcos, qui fut l'un des leurs, restait silencieux, troublé par le poste d'importance que la reine venait ainsi de lui confier. Il se remémorait les jours passés en Égypte, une éternité l'en éloignait. Jean d'Ibelin était réjoui de revoir des compagnons d'armes de cette terrible épreuve que fut la croisade de Saint Louis. Pour célébrer leurs combats d'hier, ils burent une liqueur suave, sucrée et douce. Dighenis narra leurs batailles, Jean d'Ibelin s'enorgueillit de n'avoir jamais refusé le combat, et chacun conta ses hauts faits d'armes. Jean d'Ibelin, Marcos et Dighenis en vinrent à évoquer la honteuse débâcle devant Damiette après la mort de Robert d'Artois et des templiers. Celle-ci avait stoppée nette la septième croisade menée par Saint Louis. Puis, ils revinrent aux événements qui les menaçaient et évoquèrent l'invasion mongole. A chaque lampée de liqueur, les gestes de Jean d'Ibelin s'amplifiaient, et sa voix grondait plus fort. A lueur des torches et à la chaleur de la boisson, ils scellèrent alliance.

- L'émissaire du khan ment. Je lui arracherai les yeux, lui couperai la langue à ce sombre scélérat. Il exécute les desseins putrides d'Houlagou, lui aussi, je l'étriperai de mes mains s'il se trouvait devant moi, gronda Jean d'Ibelin, plein de colère. L'excès d'alcool l'emportait irrémédiablement dans des accès de fureur innommable.

Après avoir célébrer leur combat commun dans une camaraderie toute guerrière, Marcos et Dighénis décidèrent de partir.

Alors qu'ils s'apprêtaient à quitter le château, Dighenis et Marcos aperçurent un baldaquin porté par des serviteurs. Les pans, de légers voiles, se soulevaient au souffle de la mer lointaine. Dighénis avait l'esprit embrumé dans des effluves cotonneuses de vapeurs d'un alcool trop consommé. Il put voir une richesse insoupçonnée : une femme d'une grande beauté. Elle était langoureusement allongée sur de beaux cousins et portait son attention sur des enluminures. Dans la lumière furtive des torches, Dighénis ne vit que l'ombre de sa splendeur : un visage fin et des yeux en amande. Elle était vêtue de riches soieries, emplissant l'air de senteur de musc, d'aloès et de myrte. Le peu entrevu laissait imaginer une beauté à anéantir toute raison.

- Dis-moi comment se nomme ta maîtresse ? demanda Dighenis à un serviteur. Celui-ci conduisait un âne tirant une charrette qui contenait plusieurs coffres de bois.
- Sybeline, mon seigneur, c'est la cousine de la reine Plaisance d'Antioche.
- Et toi qui es-tu pour venir importuner un de mes serviteurs ?

La question était posée par l'intéressée, elle interpellait Dighénis par sa soudaineté et sa fermeté. Sybeline sortit la tête du baldaquin, le visage fermé. Elle avait des yeux d'un bleu foncé, reflet profond de tendresse et de détermination. Les mots ne parvenaient à se décrocher de la langue de Dighénis, l'esprit embué par les vapeurs d'une prise excessive d'alcool.

- Seriez-vous muet à vous adresser à l'égale de votre rang ? Il vous est plus facile d'invectiver mes serviteurs ! moqua-t-elle.
- Dighenis, seigneur de Cilicie, pour vous servir, balbutia Dighenis en s'agenouillant devant le baldaquin.
- La Cilicie, j'en ignorai jusqu'à la connaissance avant de l'entendre, dit-elle laissant entrevoir toute la curiosité qu'elle n'osait dévoiler.
- C'est un pays suspendu entre le bleu de la mer et le blanc des cimes enneigées. Des bords de la méditerranée aux rives de l'Euphrate, les plaines y sont fertiles, les montagnes y sont

hautes, l'eau y est fraîche et limpide, les habitants y sont humbles et accueillants, les hommes y sont forts et pleins de courage, assura Dighenis.

- Alors, pourquoi donc avoir quitté cet éden ?
- Parce qu'il est en proie à la guerre.
- La guerre est une maladie mortelle, assura t'elle le visage assombri.

Je dois clore notre conversation, ma cousine m'attend mais nous nous croiserons certainement mon seigneur si dieu le veut. Nous aurons alors l'opportunité de poursuivre cet échange, assura t'elle en donnant signe au serviteur de reprendre leur marche vers le château.

- Je suis vôtre, Sybeline, dit Dighenis en s'inclinant devant le baldaquin.

Le baldaquin passa.

- Il est assuré que ce n'est point paysanne, elle vaut son pesant d'or, murmura Marcos en riant.

Dighénis n'avait d'yeux que pour dame Sybeline et point d'oreille pour Marcos qui plaisantait fort ce trouble de la rencontre. Marcos et Dighénis chevauchèrent jusqu'à Lemesos. Ils s'arrêtèrent dans une auberge sale et humide, tenue par un vieil italien édenté.

Chapitre 3. Kypréos

Après une nuit passée dans une auberge de Lemesos, Marcos et Dighénis reprirent leur route. Ils parvinrent à Larnaka où ils prirent leur retraite, attendant leurs convocations respectives. En commerçant ordonné, Marcos était fort occupé à prendre toutes les dispositions nécessaires pour maintenir son commerce en bonne santé. Il désigna un homme de confiance pour entretenir quelques affaires. Ils profitèrent de jours ensoleillés durant lesquels ils s'adonnèrent à la course et à la chasse, firent de la lutte et des chevauchées, s'entraînèrent à l'épée et à l'arc. Ils n'étaient point hommes rongés par l'oisiveté. Les journées étaient entières et ils étaient fourbus le soir venu.

Le visage de Sybeline revenait sans cesse en mémoire de Dighénis.

Un matin, un cavalier se présenta avec une missive venant de Nicosie. Dighenis était promu capitaine à Larnaka, Marcos était nommé intendant du royaume de Chypre à Nicosie. Après de franches accolades, les deux hommes se séparèrent se jurant une loyauté à toute épreuve.

Dighénis prit ses quartiers dans le bastion fortifié de la cité portuaire de Larnaka. Il découvrit cet ensemble massif rectangulaire qu'il devait commander.

- C'est un bel ouvrage, s'exclama Dighénis en le voyant paraître.

Face à la mer, le bastion montait la garde sur un vaste rocher devant la cité, au bout de la jetée, à l'extrémité du port. Il menaçait de ses crocs de pierres, et paradait de toute sa force, défiant n'importe quel adversaire de venir l'affronter par mer ou par terre. Un pont-levis assurait le franchissement d'un profond fossé que la mer remplissait au gré des marées. Le bastion avait de hauts murs crénelés et troués d'archères. Le chemin de ronde était muni de mâchicoulis. A chacun des angles, une tour circulaire laissait flotter à son sommet la bannière des Lusignan. Au centre du bastion, une tour principale s'élevait plus haut encore.

Sur la jetée, l'effervescence régnait. Sur les navires, les pécheurs débarquaient les fruits de leur récolte maritime. Thons, bars, liches, orphies et maquereaux s'entassaient dans de grands paniers d'osiers. Les habitants jugeaient la qualité des prises et en négociaient âprement le prix. Les voix s'élevaient et les humeurs s'échauffaient mais ils parvenaient interminablement à un accord. Les habitants repartaient le panier d'osier plus lourd et les poches plus légères. Des commerçants en tous genres avaient installé leurs étals pour profiter de l'opportunité et de l'affluence, laissant la tentation opérée. Ils proposaient bijoux sans valeur, vaisselle de piètre qualité et outils de mauvaise facture.

Dighénis s'engagea sur le pont levis du bastion. Deux hommes de garde conversaient. A la présentation de Dighénis, ils ne voulurent rien entendre avant de voir les papiers officiels, dérangés qu'ils étaient par la venue de cet étranger. Ils ne savaient point lire, et n'importe quel manuscrit aurait pu servir à les abuser.

Après avoir examiné l'ordonnance en tous sens, l'un des soldats fit appeler un lettré. Dighénis s'impatientait devant cette mascarade. Il devint d'importance de résoudre cette situation dans les plus brefs délais avant qu'il ne s'emporte. Un homme d'intendance se présenta. Dès la lecture du document, les honneurs lui furent rendus. Dighénis rabroua sévèrement les deux gardes de leurs incompétences et de leur ignorance promettant sanctions à venir.

A l'intérieur du bastion, les pièces étaient vastes, fraîches et spartiates. Son statut de capitaine lui donnait le prestige d'une cellule individuelle aux murs gris-vert suintants, avec pour tout mobilier : un lit et une écritoire. Tout seigneur qu'il était, il se souciait peu de ses aises, en vaillant soldat qu'il était resté. Dighenis ordonnait entre quarante et cinquante hommes, il allait apprendre le nom et le caractère de chacun d'entre eux. Dighenis n'était pas novice dans le commandement des hommes, mais un étranger, qui plus est venu d'Orient pour donner des ordres à des soldats chypriotes et francs, allait être compliqué. La plupart étaient de jeunes hommes, peu habitués aux combats. Les novices étaient encadrés par une quinzaine de combattants plus expérimentés. Dighénis décida d'être impassible et juste.

Du haut du bastion, la vue était imprenable sur la mer, les barques des pêcheurs et les galères des commerçants. Se retournant, Dighénis pouvait apercevoir la ville, les habitants qui déambulaient sur le port, la jetée et dans les ruelles.

- Soldats, allez acheter des victuailles pour faire bonne pitance ce soir, et du vin sans abus, compris ? dit Dighenis en désignant deux hommes, leur lançant une bourse bien remplie.
- Immédiatement, mon capitaine, lui fut-il répondu. Les soldats partirent enjoués de la tâche à accomplir.

Dighénis inspecta en premier lieu les défenses de la cité. Elles étaient sommaires. Le mur d'enceinte comportait de nombreuses failles. Il se réduisait en réalité à des portions limitées, le reste étant un muret antique, et s'il ne disparaissait pas sous une épaisse végétation, il était simplement inexistant. Dans une tour en bois, un soldat devant veiller avec soin pour garder l'entrée de la cité, fut surpris par Dighénis dans sa sieste. Dighénis lui infligea une correction en lui assénant plusieurs frappes. L'état des réserves de nourriture et des armes dans le bastion était déplorable. Le soir vint et le constat était évident : la ville de Larnaka et le bastion n'étaient pas prêts à subir une attaque. Elle tomberait rapidement aux mains de l'ennemi.

Dans la plus grande des salles du bastion, les tables furent mises pour le banquet. Il réunissait tous les soldats, Dighenis avait fait remonter le pont-levis pour s'assurer qu'aucun homme n'était de garde, et que tous fussent présents.

- Pourquoi suis-je parmi vous ? Certains se posent sans doute la question. Je suis chevalier de Cilicie, j'ai combattu sur de nombreux champs de bataille, et je combattrai jusqu'à ce que le seigneur m'appelle à ses côtés. Il considère que ma tâche n'est pas encore accomplie et m'envoie vers vous pour vous instruire d'une mission, celle de protéger le royaume de Chypre, l'ennemi mongol est à vos portes, prêt à soumettre vos femmes, à réduire en esclavage vos enfants, à s'approprier vos terres et vos richesses, proclama Dighénis.

Le silence se fit, les hommes se regardaient entre eux, inquiets, sachant que ces paroles dissimulaient la menace d'une guerre.

- Vous êtes des hommes d'honneur, il va falloir du courage et de la vaillance, les semaines qui s'annoncent seront difficiles, je demanderai beaucoup à chacun, à tous sans exception. Que ceux qui ne se sentent pas prêt à se consacrer pleinement corps et âme, partent sur le champ. Je justifierai leur départ sans traîtrise, proposa Dighénis.

Les hommes s'observèrent. Ils s'épiaient pour connaître leurs réactions et savoir quelle direction allait prendre le troupeau. Un vieil homme se leva.

- Je veux revoir ma femme et mourir auprès d'elle, cela fait trop longtemps que je suis ici et je n'ai jamais failli. Aujourd'hui ce n'est que par fatigue que je demande, s'excusa-t-il.
- Je comprends vieil homme, va rejoindre ta femme, nous abaisserons le pont-levis et tu quitteras le bastion dès ce soir avant le repas.
- D'autres sont prompts à déposer les armes ? questionna Dighénis d'une voix abrupte, les consultant un à un d'un regard épais.

Personne ne fit réponse, sûrs de leur dévouement ou pleins de crainte. A cet instant, leur sort était scellé.

- Mangeons et buvons ! Le repas est fort appétissant. C'est qu'ils ont dilapidé mes économies sans vergogne ! plaisanta Dighénis en regardant les deux soldats qui avaient été chargés des achats.

Sur la table, salaisons, fromages, pains et vin à discrétion nourrirent une ambiance joviale. Après quelques lampées d'un vin local fort aigre, Dighénis cita quelques vers qui firent rire toute l'assemblée.

-   Tant et tant j'en aurai bu, du vin ! que ce parfum de vin
    Sortira de la terre quand je serai sous la terre,
    Qu'en passant sur ma tombe l'ivrogne à jeun
    Tombera frapper de mort par le parfum de mon vin ! [5]

Le lendemain, Dighénis se leva tot pour faire un état exact des fortifications, des approvisionnements, des armes et de la compétence des hommes. Des renforts arrivèrent chaque jour et la garnison s'agrandissait ; La défense fut consolidée et fortifiée. Dighénis surveillait l'horizon, s'attendant à voir à chaque voile qui apparaissait une ombre mongole.

C'est durant cette longue surveillance que Dighénis fit la rencontre de Kyprèos.

En l'an de grâce 1251, Kypréos se nommait Robert. Il était fils de berger en Picardie. Sa mère et son frère aîné étaient morts du choléra dans d'affreuses souffrances. Robert s'était alors retrouvé seul avec son père à quinze ans, harassé d'une vie de labeur et de misère, portant haillons et marchant pieds nus, vivant sous une cabane de branchages dans le froid et la faim.

Un jour, vint un personnage insolite, il se nommait le maître Jacques de Hongrie. C'était un prédicateur aux cheveux blancs et au corps décharné. Il se présenta au village accompagné d'une vingtaine de ses gens, hommes de peu qui avaient fait vœu d'obéissance. Ils exhortaient tous ceux qu'ils rencontraient sur leur chemin à partir en Terre Sainte pour le salut de leur âme. Ils prêchaient la délivrance de Jérusalem et du roi Louis IX, prisonnier des infidèles en Égypte. Ils appelaient à l'engagement de chacun, maudissant les seigneurs abandonnés de Dieu et injuriant le clergé de vanité. Ils apostrophaient les petites gens à se joindre à lui. L'éloquence de Jacques de Hongrie portait leurs espérances, sa verve frappait les cœurs et les esprits.

-   Dieu a été offensé du luxe des prélats, de l'orgueil des chevaliers, et il lui a plu de choisir les plus humbles sur la terre pour confondre les plus forts ; c'est pourquoi la Vierge elle-même est apparue à son serviteur et lui a commandé d'appeler à lui les bergers qui délivreront le roi de la captivité, et les lieux saints de la domination sarrasine, affirmait Jacques de Hongrie.

A ses paroles, le père de Robert, homme simple et pieux, s'agenouilla et pria. Il décida de suivre le prédicateur avec son fils. Avec bon nombre d'indigents, ils se dirigèrent vers Paris. Ils en sortirent à plusieurs dizaines de milliers, et poursuivirent leur chemin.

Arrivant à Orléans, la troupe des pastoureaux, comme ils se nommaient, fit face à un évêque. Il voulait leur interdire l'entrée dans la cité par des menaces et des commandements. Le peuple des pastoureaux refusa de se soumettre. L'évêque attisa la colère par ses paroles à l'encontre du prédicateur :

- Tais-toi, hérétique méchant et menteur, car tu trompes et abuses ce peuple innocent, commanda l'évêque.

Ces paroles le condamnèrent aux courroux de la foule qui le tua sans aucun procès. Le sang versé le jour devint une ivresse les suivants. Les prêtres furent poursuivis et tués dans toute la cité. Ayant commis le péché en exécutant des serviteurs de Dieu, une excommunication frappa tous les pastoureaux. Aux importantes bandes de paysans, vinrent profiter pillards et brigands, et les serfs des campagnes trop longtemps brimés et humiliés profitèrent du nombre pour faire expier aux châtelains et aux nobles les privilèges de la naissance, et les abus que le système féodal laissait autoriser. C'est la rage brutale de celui qui n'a rien contre celui qui possède qui eut lieu.

Apprenant ces incidents, la reine Blanche de Castille, gouvernant durant l'absence du monarque Louis IX donna ordre de leur courir sus et de les tuer tous pour conserver la sécurité du royaume. Les pastoureaux se partagèrent en plusieurs colonnes pour sillonner le pays. La première colonne menée par Jacques de Hongrie revint à Paris. Elle fut dispersée dans le sang. Le prédicateur en pleine harangue fut tué d'un coup de hache par un exécuteur de la reine, et les pastoureaux attroupés furent massacrés. Le père de Robert mourut à proximité de Lyon, en tentant de défendre son fils attaqué par la populace. Robert parvint à s'enfuir avec quelques autres. Ils furent traqués partout dans le pays tels des chiens sauvages, pendus aux arbres dans la campagne.

Les espérances des pastoureaux avaient succombé. Les âmes n'étaient pas assez éclairées pour atteindre la grandeur de justice et d'équité entre les hommes voulue par les pastoureaux. Pour vivre, les derniers fidèles s'évanouirent. Robert ne savait où aller. Il s'associa à un petit groupe et ils décidèrent de rejoindre la Terre Sainte. Ils parcoururent l'arrière-pays, demandant l'aumône de village en village. Ils parvinrent sur les bords de la Méditerranée. Pendant plusieurs jours, Robert contempla la mer qu'il n'avait jamais vue auparavant et si souvent entendue évoquée à ses oreilles.

Robert et ses quatre compagnons de route parvinrent aux portes de la ville d'Aigues-Mortes. Bâtit sur ordre de Louis IX, par la sueur des hommes accablés des corvées royales, il fut le port d'où partirent les croisades. Protégée par ses fortifications, la cité d'Aigues-Mortes était devenue un port de première importance pour le royaume de France. Elle réalisait un fructueux commerce, exportant de nombreuses marchandises dont les draps teints de Montpellier. Les soldats étaient nombreux et les hautes tours terrifiantes. Les compagnons de Robert refusèrent d'entrer dans la cité, ils furent tués le lendemain en rase campagne par quelques chevaliers en chasse. Robert, lui ayant fait le choix inverse, vécu plusieurs mois d'expédients et d'aumône, le ventre criant trop souvent famine. Un jour d'hiver que la faim se fit plus pressante, Robert se glissa dans les cales d'un navire dans le silence du petit matin. Il lui fut agréable de découvrir les cales pleines de victuailles de toutes sortes. Se dissimulant parmi les animaux de basse-cours, les tonnelets et les sacs, il s'endormit rassasié. Ce fut une étonnante sensation de ballottements continuels qui le réveilla. Le navire voguait toutes voiles tendues vers Chypre. Des membres d'équipage le saisir. Après une rude bastonnade, il dût s'acquitter de sa dette, corvéable à merci sur le navire, en proie à la brutalité des marins.

Dès que le navire mit en panne au port de Famagouste, il profita du débarquement pour échapper à ses nouveaux maîtres. Ne sachant où cela le conduirait exactement, il savait néanmoins après deux ans passés sur les chemins, que la liberté s'acquiert au prix fort. Durant des années, il devint tâcheron pour les paysans chypriotes et les gens des villes, effectuant ce que les autres refusaient de faire. Jamais il ne vola et se méfia des hommes que la cupidité rendait féroces. Jusqu'au jour où il croisa le chemin de Dighénis, le capitaine de la garnison de Larnaka. Le combattant fit forte impression sur le jeune Robert. Dighénis avait l'allure fière et le port altier, le buste puissant et la barbe pointue. Il était vêtu et équipé pour la guerre, une grande force émanait de sa personne. Robert faisait l'aumône et l'observait avec envie. Dighénis l'interpella.

- Toi, comment te nommes-tu ?
- Robert, monseigneur, répondit-il en baissant la tête.
- Tu parais bien bâti pour ton âge ! Pourquoi mendier le pain que tu peux obtenir par la sueur de ton front ?
- J'accepte tous les travaux même les plus pénibles, mais tous refusent mes bras, répondit Robert.
- Sais-tu te battre ? lui demanda Dighénis.
- Non, je n'ai point eu de maître qui m'ait appris cela, mon seigneur, je ne sais que me défendre.
- J'entends tes paroles.

Dighénis ordonna à un des soldats qui l'escortait de rudoyer Robert. Enchanté du divertissement autorisé, le soldat soumis à l'autorité ne s'offusqua pas même de la demande. A son étonnement, Robert ne s'envola pas à grandes enjambées devant la menace. Robert luttait farouchement et quotidiennement pour survivre ; il fut le premier à porter le coup et frappa le soldat au ventre. Ce dernier fut surpris de la violence de l'attaque, et recula. Sa cotte de cuir épais avait réduit la violence de la frappe, et la surprise passée, le soldat s'empourpra. Il porta un lourd poing en avant qui ne rencontra pas le corps de Robert sur sa trajectoire. Agile, Robert avait fait un pas de côté pour esquiver le coup. Le poing de Robert vint s'écraser en plein visage du soldat qui touché violemment dans sa dignité, sortit un large couteau de son ceinturon. Le soldat allait se jeter sur Robert pour finir son mauvais ouvrage lorsque Dighénis intervint :

- Cela suffit soldat, ordonna Dighénis.

Le soldat s'exécutât tout en grommelant des imprécations et des menaces envers Robert.

- Robert voudrais-tu devenir soldat ? Demanda Dighénis.
- Oui, mon seigneur, un jour j'apprendrais à me battre.
- Tu n'es pas fort, mais valeureux.

Robert accepta, enjoué de cette étonnante opportunité. Dighénis le renomma Kypréos, traduisant littéralement celui qui vient de Chypre. Une nouvelle existence débuta pour Kypréos, à laquelle il s'accrocha de toutes ses forces.

Chapitre 4. Jean d'Ibelin

Debout, sur la terrasse d'une des tours, Dighénis observait des mouettes blanches et criardes. Elles volaient et plongeaient dans l'eau, dont la surface frémissait au rassemblement de menus fretins.

- Voiles à l'horizon, voiles à l'horizon, cria le soldat.

Dighénis se retourna promptement. Si le soldat s'époumonait avec autant de force, c'est que le nombre de navire était singulier. Ils formaient une masse noire et menaçante qui émergeait de l'azur. Elle n'annonçait pas une délégation de marchands ou le retour des pêcheurs, il s'agissait de navires de guerre qui assombrissaient l'horizon. Dighénis dût patienter avant de pouvoir comptabiliser et identifier tous les navires avec exactitude. Plus de quarante galères semblables à celles que possédaient les sarrasins se présentèrent au regard, leurs voiles gonflées les faisaient glisser à la surface. La bannière mongole à la flamme blanche et aux contours d'or flottait aux faites des mats.

- Rassemblez les hommes, qu'ils se préparent, ordonna Dighenis.

Dès que les ordres furent transmis, ce ne fut que vacarme et agitation. Point de chaos, ni de désordre, les instructions prévues par Dighénis organisaient la défense avec précision et efficacité. Chacun connaissait précisément le rôle qui lui était dévolu : les arcs furent tendus, la pierraille chargée dans les couleuvrines, le pont-levis remonté, les feux préparés, tous se préparaient à combattre.

La venue des mongols fut rapidement annoncée au gouverneur de la cité de Larnaka, un homme sans esprit mais courageux. Les cloches des églises et des chapelles résonnèrent en mille lieux aux alentours, se propageant en épidémie contagieuse. Ce fut bientôt un bourdonnement continuel. La population se barricadait ou fuyait dans l'arrière-pays. Les chypriotes des environs mirent à l'abri femmes, enfants et richesses. Un silence angoissant recouvrait Larnarka, ne laissant que le souffle d'un chuchotement imperceptible, de cris et de pleurs étouffés. La milice fut convoquée, nombreux ceux qui manquèrent à l'appel. La milice de la cité était faite de volontaires, entraînés hâtivement à combattre pour défendre la cité. Le bastion fut ravitaillé en denrées fraîches dans l'éventualité d'un siège à soutenir. Dighénis scella de son sceau les plis préparés à l'avance, les confiant à des messagers qui chevauchèrent vers Nicosie, Lemesos et Famagouste.

Avec l'aide de Kypréos, Dighenis alla se vêtir d'un sous-vêtement rembourré, d'une cotte de mailles et d'un surcot léger brodé des armoiries des Lusignan. Kypréos lui sangla le casque et lui tendit ses gants de cuir. Dighénis harnacha son long couteau et son épée à lame légère, arme qu'il affectionnait pour combattre. Elle l'avait accompagnée sur de nombreux champs de bataille, au plus loin de son aventure. Il se saisit d'un bouclier en forme de v.

Au sommet du bastion, Dighénis observait les navires. Ils étaient maintenant si proches de la côte qu'il était possible de voir les soldats sur les ponts des navires qui s'affairaient aux manœuvres ou se préparaient à combattre. Des cornes, des tambours et des timbales sonnaient. Toutes ses sonorités ne couvraient pas la rumeur de la bataille. Les navires approchèrent en formant un immense éperon, il se ficha en terre.

Les hordes mongoles débarquèrent à proximité de Larnaka. Les plages désertes de rochers s'emplirent de soldats mongols. Ils se jetaient à l'eau en poussant des hurlements sauvages. Du bastion, Dighénis et ses hommes apercevaient cette armée de fourmis noires agressives qui se déversait et s'éparpillait. Des chevaux de guerre poussaient leurs hennissements. Des guerriers mongols frappaient leurs boucliers. Des catapultes grinçaient. Des bannières flottaient. Des cors sonnaient. La bataille commençait.

Dighénis savait la lutte inégale. Il lisait dans le regard de ses hommes l'inquiétude, la peur et l'effroi. Ils allaient devoir combattre avec courage. Leurs craintes disparaîtraient dès les premiers combats, leurs esprits se concentreraient uniquement sur la lutte. En attendant la bataille, l'appréhension les rongeait intérieurement. Dighénis passa parmi eux.

- Vérifiez vos armes, vos attaches et vos ceinturons, et allez prier le seigneur, ordonnait Dighénis à ceux que la peur dévorait.

Dighénis, loin d'être un homme pieux, avait exigé un prêtre pour une action de grâce avant la bataille. Les hommes en combattraient avec plus d'ardeur, si leur esprit était employé à écouter la parole de Dieu au lieu de se laisser gangrener par la peur.

Les mongols étaient nombreux, cinq mille hommes, certainement bien plus. Les observateurs ne pouvaient plus les compter tant leur nombre était important. L'avant-garde de cette armée fut rapidement aux portes de la ville. Dighénis avait décidé de ne pas défendre le mur d'enceinte de la cité qui aurait exigé trop d'hommes, il préférait établir sa stratégie en concentrant le peu de troupes dont il disposait sur la rue du port, la jetée et le bastion. Les mongols entrèrent dans la cité sans difficulté. Ils progressèrent avec peu de crainte et avec grand bruit dans les ruelles étroites de Larnaka. Une immense clameur s'éleva lorsque les troupes mongoles virent la barricade de la milice défendant le port. Une vague de combattants mongols submergea la quarantaine de miliciens qui furent écrasés et massacrés sans aucune pitié. Les mongols coururent sur la jetée, ils se lancèrent à l'assaut du bastion. Beaucoup tombèrent sous les flèches des archers protégés par les remparts du bastion. Des mantelets* furent amenés derrière lesquels les soldats mongols s'attroupaient, se dissimulant avec difficulté des flèches chypriotes. D'autres soldats vinrent avec des fagots de bois sur le dos, ils les jetèrent dans les douves. Il en vint dix, puis vingt, et bientôt plus de cinquante soldats s'activèrent à combler le fossé. Les flèches sifflaient, certaines atteignaient leurs cibles. Des mongols tombaient figés de souffrance, ou s'enfuyaient en criant de douleur. La résistance des défenseurs ne parvenait pas à les stopper. Après quelques heures, le fossé fut à moitié rempli. Dighenis et ses hommes allaient manquer de flèches pour repousser les assaillants. La situation était critique, voire désespérée. Pris des maisons, des pierres et différents matériaux finirent de combler le fossé et les mongols amenèrent une grosse poutre de bois à la tête renforcée d'acier et commencèrent à enfoncer la porte du pont-levis par de violents à-coups. Une autre menace apparut, trois navires s'étaient approchés du bastion. L'un lançait des torchères incendiaires, les deux autres déployaient des échelles sur lesquelles des soldats grimpaient. Sur une des tours du bastion de violents corps à corps débutèrent. Combattants plus aguerris, les mongols prirent l'avantage et débordèrent les soldats chypriotes. Dighenis se battait avec rage. Toute sa bravoure n'y suffit plus. La porte du pont-levis céda. Les navires déchargeaient les combattants mongols sur tous les remparts, et rendait le combat inégal par le nombre d'assaillants. Il fallait mourir dans l'honneur, épée au poing.

Dighénis se réveilla le visage en sueur, les muscles tétanisés, ce n'était qu'un cauchemar ? Serais-ce un signe, un songe prémonitoire ? Dighénis se leva, et vit par l'étroite ouverture du mur l'étendue de la mer, perçut les bruits habituels du port, rien n'avait changé si ce n'est son esprit tourmenté. De longs mois s'étaient écoulés depuis que Dighénis avait pris le commandement de la garnison de Larnaka. Les troupes mongoles n'avaient pas fait d'incursion sur le royaume de Chypre, la guerre se poursuivait ailleurs au Moyen Orient. Un mauvais pressentiment le rongeait, celui d'avoir été abusé. Peut-être avait-il accordé trop de certitude au pli de ce messager, ou trop de confiance aux seigneurs francs à la cour des Lusignan ? Les mongols avaient-ils simplement opté pour d'autres options stratégiques ? Dighénis s'interrogeait de plus en plus souvent, sur la conduite à tenir. Ne devait-il pas retourner vers les siens ? L'hiver approchait et Dighénis savait que les froids des hautes montagnes de Cilicie étaient rigoureux. Quelques jours plus tard, il reçut une lettre de son compagnon d'armes, Marcos.

- Les mongols n'ont pas accosté sur les rivages de l'île de Chypre. Soit patient, ils devraient arriver d'ici peu en grand nombre. J'ai une affaire de commerce qui nécessiterait ta présence. Si tu décides de venir à Nicosie, je t'attendrai et te recevrai avec toute la bienveillance.

Dighénis et Marcos étaient des compagnons d'armes. Ils avaient combattu ensemble. Dighénis sauva Marcos à plusieurs reprises. C'est dans ces instants où la vie est si fragile, et la mort si prompte à frapper, qu'une éternelle amitié était née. Dighénis s'était attaché à cet homme vrai, simple et bon. Pendant leurs longues années de lutte sur la terre d'Orient, Marcos était devenu le confident de Dighénis, le bâton de l'aveugle, le coran du musulman, la flûte du charmeur de serpents, le dromadaire du caravanier. La décision de Marcos de rejoindre le royaume de Chypre, sa terre natale, fut une déception pour Dighénis. Il le connaissait, le savait habile, et doté d'une intelligence rusée. Sa lettre traduisait la nécessité de sa venue.

Dès la réception de la missive, Dighénis s'équipa et chevaucha vers Nicosie. Deux jours plus tard, il fut proche de la cité. Nicosie était posée au milieu de la plaine. Les fortifications crénelées qui entourait la cité lui octroyaient l'image d'une couronne. Elle était surmontée d'une aigrette de palmiers, d'orangers et de minarets. Nicosie était une cité cosmopolite et prospère. Dighénis y vit le juif sur un âne côtoyant le marchand musulman, le templier marchant au côté du pope orthodoxe, et des hommes venus de tous les horizons. Cité de caractère, la ville était semblable à toutes les villes d'Orient, affichant misère et laideur au-dehors, et richesse et beauté au-dedans. Dighénis dut traverser des quartiers pauvres, faits de masures de bois et de terre avant de parvenir devant la demeure de Marcos, une haute et solide bâtisse.

Dighénis frappa au heurtoir de la lourde porte. Une belle jeune fille aux cheveux fins et bouclés ouvrit le huis.

- Je me nomme Dighénis et je désire parler à ton maître.
- Ce n'est point mon maître mais mon père, noble seigneur ! s'exclama-t-elle.
- Quelle belle descendance il a engendré, et c'est bien pardonnable de se présenter ainsi sans présent à t'offrir, répondit Dighénis.

La jeune fille esquissa un léger sourire et referma le huis. Dighénis patienta espérant ne pas avoir effrayé la demoiselle. La porte s'ouvrit et Dighénis vit apparaître Marcos.

- Dighénis, je t'attendais mon ami, allons sur la terrasse, as-tu fait bon voyage ? as-tu faim ou soif ? que me racontes-tu ? s'empressa de le questionner Marcos tout en lui tapotant le dos.

Ils allèrent sur la terrasse où une toile blanche était tendue par ses coins à la manière des hommes du désert. En son ombre, un lit de riches coussins était disposé. La vue s'étendait sur les autres maisons aux terrasses aménagées, sur les églises, les mosquées et les nombreux palais.

- Je m'impatiente de ne pas voir arriver les mongols, assura Dighénis.
- Je dois te mettre au courant de certains événements, dit Marcos.
- Parle, tu m'intrigues, l'exhorta Dighénis.

Marcos renvoya le serviteur présent qui disposait gâteaux, amandes et breuvages. Dès que celui-ci eut quitté la tente. Marcos poursuivit :

- Les mongols ont négocié avec les barons francs. Ils garantissent l'intégrité du royaume de Chypre en échange de son silence face à l'agression mongole des états d'Orient. C'est un marché de dupes que tu as signé avec la reine Plaisance d'Antioche, affirma Marcos. Il fit silence, observant Dighénis.

Entendant ces mots, Dighénis s'empourprât. Ses craintes s'avéraient réelles. C'était un rude coup porté. Pour parvenir à informer les barons francs, il avait abandonné les siens, et quitté ses frères d'armes sur le champ de bataille. Le regard de Dighénis s'était assombri : En animal sauvage, son corps traduisait son agitation, une agressivité coulait dans ses veines et devait s'épancher. Il dit :

- Qui croient-ils avoir devant eux ? Je vais leur faire regretter de ne pas respecter leur parole, chiens de Lusignan, je vais extirper le mal de leurs âmes, et dès que j'aurai fini mon ouvrage, je retourne en Cilicie poursuivre ma lutte.
- Je comprends ton dépit. Ces derniers temps, j'ai été un proche de la cour. Les véritables fautifs sont les barons francs. Ils se sont ligués contre la reine Plaisance d'Antioche et isolent les contestataires. Jean d'Ibelin a été frappé d'anathème, il va

rejoindre ses terres. Les barons francs sont menés par Bohémond VI, régent d'Antioche.

- Que dois-je faire ? s'interrogea Dighénis. Une seule réponse résonnait en tête : quitter Chypre sans attendre.
- Avant de prendre une décision, écoute mes paroles. J'ai réfléchi à cette question, et pris des initiatives. J'ai rencontré une de tes connaissances qui s'avère être une tour dans cette partie d'échecs, dit Marcos.
- Qui évoques-tu ainsi ?
- Sybeline, la cousine de la reine Plaisance. Elle a souvenir de toi, et j'ai pu converser avec elle sur de nombreux sujets. Elle est encline à t'apporter une aide pour convaincre la reine. C'est une confidente de grande influence sur les décisions royales.
- Que désire-t-elle ?
- Simplement une rencontre. Marcos fit une pause, attendant de lire sur le visage de Dighénis une éventuelle réaction, celui-ci restait silencieux et pensif.
- Cela n'engage à rien, as-tu peur qu'elle abuse de toi ? déclara Marcos, concluant par un rire épais.
- Dis-moi où loge la cour et j'y vais promptement, assura Dighénis.
- Non, il se fait trop tard mon ami, la cité est mauvaise le soir. Les ruelles sont des coupe-gorges. J'ai pris l'habitude d'être accompagné d'un homme d'armes. Les détrousseurs ne s'attaquent que rarement à deux hommes armés, l'hydre à deux têtes est plus dangereuse, dit Marcos d'un rire carnassier. Tu ne peux te présenter sans être annoncé préalablement, il faut respecter la convenance. Laisse-toi désirer par cette femme pour mieux l'emprisonner de ton charme, poursuivit-il en riant.
- Je n'ai point le temps de m'amuser au jeu de l'amour, Marcos.
- Il te faudra concilier l'utile à l'agréable pour les nécessités de la guerre, ironisa Marcos.

Les deux compagnons rirent. Marcos fit visiter sa demeure, fit présenter ses enfants, fit préparer un bon repas, et s'assura de répondre à toutes les sollicitations de son hôte, qui n'en avaient point.

Le lendemain Dighénis sentait son corps pleinement reposé. Dighénis s'éveilla dans une chambre aux murs recouverts de tapisseries. Il avait dormi profondément et paisiblement. La natte matelassée de duvet de plume d'oie et les couvertures de bons tissus n'étaient point comparables avec son existence rigoureuse au bastion de Larnaka. Marcos était riche, il profitait de sa fortune sans ostentation, ni privilège. Sa demeure contenait l'utile et le beau, sans or, ni argent pour ne pas éveiller l'âpreté de celui qui convoite ou l'intérêt du voleur.

Dighénis, seigneur de Cilicie se mit en marche après avoir écouté avec attention les indications et les recommandations de Marcos pour rejoindre le palais des Lusignan. Ce dernier avait insisté pour lui remettre une tenue le laissant paraître plus en gentilhomme qu'en combattant. Les bottes, l'épée et le surcot furent délaissés au profit d'un pantalon à chausse, d'un chapeau et d'une capeline de qualité. Ce fut après de rudes efforts de persuasion que Dighénis acceptât d'être dépouillé de ses attributs guerriers. Il se sentait dévêtu de sa seconde peau, engoncé dans un accoutrement risible. Dépassé le seuil de la demeure de Marcos, il dut admettre que tel n'est pas le cas. Les badauds le saluaient ou modifiaient leur marche pour le laisser libre de sa foulé.

Dans les ruelles étroites et tortueuses, les souliers de Dighénis résonnaient dans la cité qui s'éveillait doucement, s'emplissant de cris d'enfants et de marchands. Les premiers piaillements d'oiseaux se faisaient entendre au-dessus de la cité. Ils annonçaient une journée chaude et ensoleillée. Dighénis palpait le manuscrit dans la profonde poche de sa capeline. Marcos avait rédigé une lettre poétique. Dighénis brillait bien plus par son habileté au combat que par l'art des belles lettres. Marcos était un versificateur reconnu par ceux qui l'avait entendu, de ses mots naissaient de belles images.

Dighénis se présenta au palais des Lusignan. C'était un vaste édifice de pierre fortement gardé de soldats. Richement vêtu, Dighénis n'eut point de difficulté pour entrer dans une haute et vaste salle. Elle était parée de marbres et de mosaïques. Les armoiries des Lusignan gravées dans une stèle de pierre s'imposaient aux visiteurs. De larges escaliers s'élevaient vers l'étage. Des nobles, des capitaines d'armes et de hauts personnages traversaient la salle, pressés de leur importance. Un serviteur informa Dighenis que Sybeline était partie à l'église Sainte Marie. Le lieu de culte était adossé aux murs du palais, après s'être fait expliquer le cheminement pour s'y rendre, Dighénis décida d'aller la retrouver.

Par les indications fournies, Dighénis parvint au parvis de l'église Sainte-Marie. Franchissant le porche, deux prêtres célébraient la messe en latin. L'église était fraîche dans ses murs, lumineuse dans ses ors et pieuse dans ses icônes. Des hommes et des femmes se tenaient debout pendant qu'un des prêtres glorifiait Dieu. Dans l'auditoire, tous n'avaient pas une identique ferveur, si beaucoup restaient silencieux, d'autres récitaient une prière, d'autres encore murmuraient quelque conversation avec leur proche. Sybeline se tenait dans les premiers rangs. Dighénis s'approcha en longeant à pas feutré le mur de l'église dans le bas-coté de l'église. Sybeline l'aperçut, son regard s'attarda, un sourire s'esquissa.

Sybeline était vêtue d'une longue tunique rouge aux manches évasées aux bordures de fourrure blanche. Elle était enserrée d'une écharpe de soie à la taille. Deux nattes de cheveux tressés dans un ruban de couleur tombaient de ses épaules. Sa chevelure était voilée dans une guimpe, un tissu blanc drapé sur la tête et autour du cou. Son visage, fin et délicat, était plus parfait que son souvenir le conservait. Son regard bleu était profond et mystérieux. Dighénis l'observait en attendant que la messe se termine.

Les prêtres achevèrent la messe par une action de grâce.

- In nomine Patris et Filli et Spiritus sancti, amen.

Tous les fidèles sortirent de l'église Sainte Marie en un troupeau pressé. Sybeline salua Dighénis par une révérence. Un léger plissement du coin de sa bouche laissait connaître toute l'étendue moqueuse de cette contraignante piterie prescrite en obligation. Elle s'engagea dans la traversée centrale et marchait à petits pas, silencieuse et attentive. Une noble dame lui était proche, épiait Dighénis d'un regard plein de méfiance.

Au dehors de l'église, la rue les enveloppa de son épais murmure. Des hommes et des femmes circulaient prestement en martelant le pavé de leurs souliers. Des charrettes de marchands pleines de victuailles et de marchandises tremblaient, cahotantes sur le sol irrégulier. Des enfants se pourchassaient en poussant de grands cris, et la frappe d'un tailleur de pierre laissait entendre un lointain écho. Mains tendues, des mendiants proches quémandaient des pièces en un murmure de pauvreté. Recouvert d'une capeline grise usée et trouée, un vieil homme à l'œil laiteux, défiguré par d'anciennes brûlures, soutenait son corps fissuré par un bâton solidement ancré au sol. Le vieil homme était accompagné d'un jeune garçon d'une dizaine d'années. Une couche de terre séchée craquelait sur ses haillons. C'était une ébauche échappée des mains de Dieu dans son atelier de moulage. Le jeune garçon était calme et attentif. Il observait les nobles sortants de l'église avec curiosité.

Le regard de Dighénis et du jeune garçon se croisèrent. Le chevalier avait connu des enfants de rang devenus des hommes pleins de vices, de traîtrises et de peurs. D'autres moins fortunés par le destin, étaient devenus des hommes justes, d'honneur et braves. Dighénis était convaincu que le sang des rois coulait aussi rouge que ceux des paysans, et que rien n'ai acquis par la seule naissance, les enfants des princes valaient ceux des miséreux.

Dighénis s'approcha. Le vieil homme se mit à marmonner plus fort ses sollicitations. Dighénis tendit une large pièce d'argent dans la main calleuse du mendiant, et une autre dans celle de l'enfant.

- Utilise cet argent avec jugement et use du destin pour t'élever, lui déclara Dighénis.

Dighénis vit approcher Sybeline. Il vint à elle.

- Que faisiez-vous avec ses gueux ? l'interrogea t'elle, sans la moindre des salutations, le sourire aux lèvres.
- Une aumône, répondit simplement Dighénis.
- Pour vous soustraire de toutes vos vilenies au jugement de Dieu, commenta-t-elle ironiquement.

- Mon âme ne craint ni le jugement de Dieu, moins encore celui des hommes.
- Et n'avez-vous point la crainte d'une affection en les approchant de si près ? questionna Sybeline en désignant les miséreux de la main.

Dighénis abhorrait l'ignorance des grands, de ce réconfort fait des préjugés d'une caste de privilégiés.

- La pauvreté et le malheur ne sont pas des maladies. Il est plus facile de prier que d'agir, jugea fermement Dighénis.
- Vos paroles me sont-elles destinées ? demanda Sybeline.

Sybeline fronçait ses fins sourcils noirs. Ses yeux envoyaient un avertissement. Son visage exprimait une vexation naissante. Dighénis se devait d'agir autrement.

- Trop de prêcheurs guidés par la parole de Dieu, administrent en son nom les pires tourments aux hommes. Je ne condamnerai point une femme espérant pour tous les hommes, l'absolution de Dieu et leur accueil au paradis.

Les traits d'irritation de Sybeline s'effacèrent instantanément.

- Complimenteur, vos paroles sont fruitées, elles ne sont pas désintéressées ! s'exclama Sybeline d'un ton doux et piquant.
- Si elles dissimulent des visées, elles sont pour mon peuple en proie à la barbarie des mongols ! Je veux votre soutien, déclara Dighénis.
- Pourquoi vous aiderai-je ? lui demanda-t-elle.
- Votre regard reflète la beauté et la compassion.

Sybeline fit silence et observait Dighénis avec attention.

- Vous êtes semblable à tous ces hommes : un combattant semant trop souvent la mort. Je hais la guerre, elle m'a enlevé

trop de proches. La paix règne entre Chypre et les mongols !
Pourquoi devrais-je la mettre en péril ?

- L'objet de la guerre, c'est la paix. Je suis bien aise pour savoir qu'elle se paye parfois au prix fort, mais faut-il une juste guerre ou une paix d'esclave ? Agir pour briser ses chaînes, c'est combattre, assura Dighénis.
- Ma cousine, la reine Plaisance d'Antioche veut sauvegarder son royaume des affres de la guerre, les barons francs profitent des mongols pour écraser les sarrasins en Orient, détruisant leurs villes et s'accaparant leurs richesses. Devant tant de volontés, vos intentions sont des obstacles, dit-elle calmement.
- Je combattrai seul, dit Dighénis d'un ton brisant, faisant volteface, déterminé à ne plus perdre de temps en parlement
- Arrêtez-vous, l'apostropha Sybeline.
  Je ne suis point votre ennemi. Allons poursuivre notre conversation dans ma demeure, suggéra-t-elle.
- Bien que votre éclat illumine mon âme, par ma foi, madame, je ne comprends pas pourquoi vous me parlez ainsi, ni à quoi tendent vos propos, je ne suis qu'un seigneur dépouillé de ses richesses.
- Seigneur de Cilicie, vous êtes beau et fier, c'est l'avis de tous et vous auriez mérité d'avoir une amie de si haut rang pour qu'elle vous apporte honneur et profit, mais ce ne sont point mes intentions, répliqua Sybeline.

Dighénis et Sybeline marchèrent côte à côte, silencieusement. Un serviteur armé et la noble dame entrevue dans l'église les suivaient à faible distance. Après trois ruelles et une place, ils parvinrent devant une haute demeure de pierre. Dès que Sybeline se fit annoncer, des serviteurs s'affairèrent autour d'elle en abeilles préoccupées des soins de leur reine. L'intérieur de la demeure était richement décoré de tapisseries et de mobiliers. Les salles de la demeure étaient grandes et fraiches.

Ils entrèrent dans une longue salle de réception, au premier étage. Les plafonds y étaient recouverts d'enluminures et d'un ciel étoilé. Sybeline s'installa sur le rebord d'une fenêtre ouverte sur le jardin intérieur verdoyant.

Dighénis s'installa sur un coffre de bois. Ils s'entretinrent, se contant leur vie passée.

Sybeline était née à Chypre, au nord de Paphos en un lieu nommé les rochers plats de Pétra Tou Roumiou. Elle était fille d'un petit seigneur franc, qui poussé par les vents d'ouest s'était réfugié à Chypre pour devenir riche. Il guerroyait contre les sarrasins. Elle était très jeune lorsqu'il découvrit l'infortune de sa mort. Déchirée de tristesse, sa mère avait rejoint les cieux peu de temps après. Sybeline, seule, avait été élevée auprès des Lusignan et grandie avec Plaisance d'Antioche. Elle y avait reçu instruction pour développer le bon goût et le sens esthétique. La reine la considérait telle une parenté et l'appelait cousine, alors qu'aucun lien de sang ne les unissait.

Dighénis était le fils d'un émir arabe parti en incursion sur le territoire byzantin. Il y était revenu riche d'un butin et de nombreux esclaves. L'émir s'amouracha de l'une d'elle, fort belle et intelligente. Elle était fille d'un gouverneur d'une cité grecque. Envoûté, l'émir se fit convertir au christianisme pour la conquérir. Dighénis fut le fruit de leur amour. Il grandit en Cilicie, dans le palais de son père. Il lui fut inculqué éthique, réflexion et courage. Il se distingua très tôt par des aptitudes particulières à la chasse, réclamant à son père de traquer dans les cannaies les lions et autres bêtes sauvages. Son père mort après une mauvaise chute de cheval, Dighénis partit combattre pour la gloire, bouclier et épée en mains. A cette époque, Dighénis était un jeune chevalier sans reconnaissance, dépensant son énergie belliqueuse dans toutes les batailles. Le temps, les péripéties et les rencontres avaient forgé l'homme qu'il était dorénavant. Il ne craignait point le combat tant la cause puisse être humblement défendable.

Dighénis et Sybeline en virent à se révéler plus de confidences qu'ils n'en eu dites à qui que soit.

> - Je n'apprécie point la vie de cour. Je me réfugie en ma demeure pour oublier la fadeur de ces gens, j'y fais prospérer mes affaires. Vous n'ignorez pas que j'ai financé une partie des opérations commerciales de votre ami Marcos, elles ont toujours été profitables et m'ont rapportées d'importants bénéfices, expliqua Sybeline.

Dighénis appréciait la force de caractère peu commune qui se dégageait de cette femme.

- Vous m'avez accordé votre oreille pour remercier Marcos ? demanda Dighénis.
- Non, ce n'est pas pour cela et mes raisons sont miennes. Je vais parler dès ce soir à la reine Plaisance d'Antioche pour qu'elle vous reçoive. Je vous enverrai une de mes fidèles servantes vous prévenir, acheva Sybeline faussement détachée.

Dighénis accepta les instructions de cette impétueuse jeune femme, ils se séparèrent sur ces derniers mots. Leurs regards étaient plus évocateurs que leurs paroles ou leurs gestes. Cette première rencontre fondait une amitié, elle dissimulait en réalité une attirance commune. Dighénis regagna la demeure de Marcos, satisfait. Il prit le temps de marchander des présents dans des échoppes de marchands, y acquérant une aiguière et un pan de tissu de qualité pour sa fille en présent de l'hospitalité et l'amitié de Marcos. Fusse un excès de boisson ou les songes obscurs venus de Cilicie, il passa une nuit troublée.

Dès le lendemain, Dighénis fut convoqué au palais par la reine. Dans une vaste pièce ornementée d'armoiries et de tapisseries, Plaisance d'Antioche se tenait debout, proche du jeune prince Hugues II de Lusignan. Il était assis sur le trône, entouré de deux soldats. Deux barons menaçants demeureraient silencieusement au fond de la salle. Son introduction se fit devant une assemblée fort réduite. Sybeline était absente.

La reine était fort pâle, des rictus de souffrance déformaient son visage. La reine était malade.

- Reine du royaume de Chypre, je suis votre humble serviteur et vous écoute, déclara Dighénis en s'agenouillant au pied du trône devant le jeune prince Hugues.
- Chevalier Dighénis, vous avez pris soin de renforcer efficacement les défenses de Larnaka, et vous félicite du

devoir accompli, le complimenta-t-elle de son visage lourd de fatigue.

Dighénis connaissait la vérité : le royaume de Chypre avait négocié avec les mongols une paix incertaine. Il laissait le soin à la reine Plaisance de l'évoquer, ce qu'elle fit plus tôt qu'il ne l'eut pensé.

- Une entente a permis de sauvegarder provisoirement la paix entre les mongols et notre royaume, proclama la reine.

Après un court silence, elle poursuivit.

- Pour honorer ma parole et mon serment, je vous propose de vous apporter le nécessaire à votre expédition, en toute discrétion. Si vous acceptez, vous disposerez de cent hommes d'armes, d'un navire, de denrées et de cinq milles besants d'or. Les hommes devront être volontaires. Ils se battront en tant que mercenaires sous votre bannière. Jean d'Ibelin va rejoindre Saint Jean d'Acre, il vous accompagnera, si vous décidez de cette expédition, expliqua Plaisance d'Antioche d'une voix faible.
- J'accepte votre proposition, répondit promptement Dighénis qui ne pouvait laisser une telle opportunité lui échapper.

Les paroles scellèrent l'acte. En franchissant les portes du palais des Lusignan, Dighénis était convaincu qu'il s'engageait sur un chemin sans retour, vers une mort certaine. En Cilicie, il avait disposé de plusieurs centaines de combattants pour affronter les armées mongoles, et il avait été mis à terre. Comment pourrait-il affronter et battre les mongols avec une centaine d'hommes d'armes. Aucune peur n'enflait dans son esprit, il tentait de résoudre les complexités logistiques de la prochaine expédition. Le recrutement des volontaires allait être difficile. Les fous et les meurtriers seraient les seuls à accepter les conditions de cet engagement.

- Que Dieu vous protège ! dit la reine pour achever l'entretien.

La reine Plaisance d'Antioche respecta sa parole. Les préparatifs de l'expédition durèrent une semaine. Deux lourdes cogues furent amarrées au port de Famagouste. Elles mesuraient près de trente pas de longueur et une dizaine de largeur. Leur fond plat était dissimulé par un pont de bois que traversaient deux épais mats. Navire de commerce autant que de guerre, elles avaient pour toute défense deux pierriers à la proue. Leurs bouches à feu menaçaient avec insolence d'éventuels adversaires. Les deux cogues se noyaient dans une forêt alentour de mats. Un grand nombre de navires étaient présents à leurs côtés. Elles côtoyaient des barques de pêcheurs, frêles esquifs restants proches des côtes, des caraques génoises, haute de leur château à la poupe et des naus barcelonaises.

Au port de Famagouste, les volontaires de la garnison de Larnaka se présentèrent nombreux. A cette joyeuse troupe, s'y joignirent Jean d'Ibelin et ses hommes d'armes. Plusieurs combattants libres de leur volonté s'associèrent aussi à l'expédition. Leurs motivations étaient diverses. Certains étaient animés par des rancunes contre les mongols, d'autres par l'appât du lucre, d'autres encore s'engageaient uniquement pour l'aventure. Marcos et Kypréos s'inscrivirent sur la liste d'enrôlement. A sa lecture, Dighénis fit rayer leurs noms. Marcos et Kypréos n'y renoncèrent pas pour autant.

- Tu auras besoin d'un écuyer pour bouchonner ton cheval, nettoyer ton armure, et te préparer le repas, argumenta Kypréos.
- Et je connais tes qualités, répondit Dighénis.
- Tu auras besoin d'un administrateur, d'un compagnon d'armes, et d'un conteur, défendit Marcos.
- Et tu ne m'as jamais défaut, lui assura Dighénis.

Malgré les protestations les plus véhémentes, Dighénis dut abdiquer devant leur détermination, satisfait sans l'avouer, qu'il put compter sur leur indispensable présence. Marcos s'assura d'emplir leurs coques ventrues du nécessaire pour la réussite de l'expédition militaire.

Quelques jours avant leur prochain périple, Sybeline vint les voir à Famagouste. Dighénis était enivré par son charme. Elle était semblable aux vestales de pierre trônant à l'entrée des temples païens. A chacun de ses mouvements, son corps exhalait un effluve douceâtre, évocateur des femmes de Cilicie. Dès qu'il la revit, un puissant désir enivra Dighénis. Cette femme n'avait rien de comparable avec les autres, elle était déterminée, fière, intelligence, fine et piquante. Dighénis et Sybeline partagèrent un amour courtois en tout honneur, Dieu les gardant d'une passion déshonorante. Ils renonçaient au doux bonheur de leurs présences pour une quête qui les séparaient, pleine d'incertitudes sans lendemain. Sybeline était devenue compagne et amie. Il jura de revenir, il voulait vivre auprès d'elle. Elle, ne voulait pas contrarier son valeureux guerrier, elle accepta d'un sourire. Elle se dissimula pour pleurer, les yeux emplis des larmes de souffrance, elle savait que la nuit tombait sur leur amour.

Dighénis était en paix. La veille de l'embarquement, il adressa un billet à Sybeline :

- Ce qui vient du cœur peut s'écrire, pas ce qui est le cœur lui-même. Dans un proche avenir, je le ferai parler au-delà de la plume. Je goûterai tes lèvres, sentirai la douceur de ta peau, caresserai tes cheveux, écouterai ta voix pour le seul plaisir de l'entendre, et te contemplerai jusqu'à ce que mes yeux trop lourds tombent de sommeil. Je reviendrai mon amie.

Le lendemain fut l'instant attendu. Dighénis écoutait les vivats des hommes d'armes et les hennissements des chevaux. Les sabots frappaient la coque et répondaient aux clapotis des vagues. Les chevaux n'avaient pas le pied marin. Dans la cale, des liens de toiles les retenaient difficilement, les empêchant de se briser les jambes.

Les deux cogues laissaient apparaître des signes de faiblesse évidents. Dans la cale, une lourde odeur de moisissure flottait. A certains endroits, plusieurs centimètres d'eau stagnaient. Elle s'infiltrait, s'écoulant de voies d'eau dissimulées dans la charpente. Les yeux ne pouvaient s'attarder sur l'état de la cogue sans s'emplir d'inquiétudes sur la réussite de leur traversée. Une couche de fines algues vertes en recouvrait l'extérieur jusqu'à la ligne des eaux.

- Est-ce cela les navires du royaume de Chypre ? demanda ironiquement Dighénis à Marcos.
- Les armateurs-escrocs sont plus nombreux que les ducats d'or dans les coffres du royaume, moqua Marcos.
- Espérons seulement pouvoir parvenir à destination ! conclua Dighénis.

Les cloches sonnèrent dans la cité lorsque le capitaine, un homme imposant et sombre, et dont les colères étaient aussi craintes par les marins que les plus dures tempêtes, prévint du départ imminent. Dans le port de Famagouste, à la poupe de la galère, Jean d'Ibelin, Marcos et Kypréos se tenaient au côté de Dighénis.

Les amarres furent détachées. Aidés de plusieurs hommes d'armes qui y voyaient un bon exercice, les marins sortirent les rames, les plongèrent dans les vagues et poussèrent de toutes leurs forces. La lourde cargue se détacha du quai. Elle craquait de toutes ses bordures. Le navire dépassa la digue de lourdes pierres pour s'enfoncer dans le grand large.

- Affalez, cria le capitaine du navire.
- Les grands pans de voiles blanches se gonflèrent sous le vent. Le navire plongeait avant de remonter à la surface de l'eau sombre, brisant les vagues en paquets d'eau. Il mit cap vers Saint Jean d'Acre.

Le regard noir de Dighénis se projetait au loin, scrutant l'horizon. Fort déterminé, il voguait pour libérer son peuple et ses terres de Cilicie. Dighénis se tourna vers les hommes de troupe. Leurs corps, leurs paroles, leurs équipements et leurs gestes traduisaient des histoires individuelles différentes. Tous allaient devoir lutter ensemble, en un même corps, face à un ennemi puissant. Dighénis réfléchissait aux moyens possibles de former l'union. Son regard se posa sur Marcos et Kyprèos. Ils conversaient avec deux autres hommes, de rudes combattants à la stature massive, vêtus de la pèlerine des Hospitaliers. Jean d'Ibelin approcha.

- Seigneur de Cilicie, de mauvaises pensées vous assaillent-elles pour vous assombrir à ce point ? lança Jean d'Ibelin.

93

Assuré que le vent portait ses paroles au loin, Dighénis répondit :

- Avec aussi peu d'hommes, nous allons devoir être adroit dans la bataille ou nous unir à des alliés puissants.
- Les prétendants seront peu nombreux pour faire face aux mongols.
- Mais soyez garants que je serai des vôtres dans ce combat, assura Jean d'Ibelin.
- N'avez-vous point la défense de la cité de Jérusalem à organiser ? l'interrogea Dighénis.
- Chacun sait que les terres et la cité de Jérusalem ne sont pas miennes, et appartiennent aux prélats et autres religieux de toutes les communautés. Jérusalem est une cité à l'image de Dieu, il l'habite pour leur rédemption, loin de l'innocence.

Dighénis, Marcos et Jean d'Ibelin s'entretinrent longuement sur la stratégie à adopter. Ils décidèrent de rallier un maximum de chevaliers et seigneurs à Saint Jean d'Acre. Il leur faudrait une armée pour abattre les puissantes armées mongoles. Tous les renforts seraient appréciés.

Chapitre 5. Al-Malik ad-Dîn Baybars

- Saint Jean d'Acre ! s'exclama Marcos. La cité s'élevait telle une canine de pierre sur l'horizon net des terres.

Dighénis ne disait rien, Saint Jean d'Acre était une source d'étonnement à chaque rencontre. La cité s'accrochait à la pointe d'un promontoire de grès. A chaque souffle du vent, sa silhouette devenait plus précise. Encerclée de hautes murailles, une forêt de tours et de clochers d'église se dressait. Elle laissait apparaître ses cimes aux observateurs les plus éloignés. Deux bateaux vénitiens aux cales chargées quittaient le port. Ils prenaient la direction du sud, à destination probable de l'Égypte. Marcos regardait les navires s'éloigner.

- Tu pourras certainement y faire bon négoce, lui assura Dighénis en pointant du doigt Saint Jean d'Acre.

Saint Jean d'Acre était un carrefour commercial obligatoire pour tous les marchands au levant méditerranéen. Les négociants y venaient des régions le plus éloignées y faire un fructueux commerce. Le blé de Palestine, l'encens et les épices étaient présents en grandes quantités. Les navires les plus ventrus pouvaient accostés sur les quais de ce port en eau profonde.

- J'avais juré de ne plus revenir combattre sur les terres d'Orient, pensa à haute voix Marcos.
- Tu ne pourras point sortir l'épée de ton fourreau avant d'être occis par l'ennemi, railla Jean d'Ibelin.
- Luttons, et nous verrons cela, l'engagea sérieusement Marcos.
- Conservez vos forces ! préconisa Dighénis qui ne voulait point voir l'un des deux blessés par la conséquence de bravades et de forfanteries inutiles.

Sur les imposants remparts du château des templiers, des soldats les observaient venir. Dès que les cogues les dépassèrent, le capitaine grogna l'ordre de hisser la voilure. Sous les coups de rames énergiques des marins et des hommes d'équipage, les deux bateaux filèrent se ranger auprès de leurs semblables, parfois bien plus résistants et bien plus charpentés. Sur les quais, se pressait une foule affairée, gens du commun et chargeurs transportaient ce que les cales des navires contenaient ou avalaient.

L'équipage et le capitaine devant faire l'enregistrement d'usage prestement, tous s'activèrent sur la cogue pour lui assurer de solides amarres. Dighénis, Marcos, Kyprèos, Jean d'Ibelin et tous les hommes étaient impatients de pouvoir poser pied à terre, quelque fut le rivage.

Dès leurs premiers pas dans la cité, ce ne fut qu'un bruissement constant, l'activité effrénée d'une ruche au soleil d'Orient. Saint Jean d'Acre était cosmopolite. Dans les étroites ruelles de la cité, de mauvais visages s'affichaient. Les justices d'Europe envoyaient en Terre Sainte tous les criminels, condamnés au bannissement. La cité était devenue un foyer de vices et de dépravations. Au regard de leurs inconduites devant Dieu, il fut naturel qu'à Saint Jean d'Acre la pénitence y fut prêchée avec plus de foi et de conviction qu'en tout autre lieu. Les maisons religieuses et églises y étaient fort nombreuses, les hommes de foi et les moines-soldats veillaient pieusement au respect d'une dignité, souvent égarée dans la noirceur de la nuit. A Saint Jean d'Acre, les hommes se rencontraient et échangeaient pour le meilleur et le pire, un pont entre l'Orient et l'Occident.

Dighénis, Marcos, Jean d'Ibelin, Kyprèos marchèrent ensemble dans les ruelles pavées de Saint Jean d'Acre. Ils errèrent sans but précis dans les ruelles étroites de la cité, leurs pas guidés par leur seule curiosité. Ils longèrent d'élégantes et hautes maisons urbaines, elles appartenaient à de riches notables ou des nobles fortunés, certaines affichaient des enseignes d'artisans et de commerçants. L'architecture s'imprégnait de l'Occident et du Moyen-Orient, la cité possédait plusieurs édifices remarquables, notamment des églises, des bains publics et des châteaux.

Ils parvinrent dans un vaste marché, une place couverte par de longs pans de tissu qui arrêtaient les aiguilles chaudes du soleil. Des commerçants y exposaient les fruits de leur riche négoce aux yeux des badauds.

- Arrêtons-nous, proposa Marcos devant le long étal d'un marchand de bouche.

Tous acceptèrent. Depuis leur départ de Famagouste, leurs corps avaient souffert de la traversée et ils avaient appétits à récupérer quelques forces. Deux gros ducats d'argent et tous purent se restaurer pleinement de viandes grillées, de fromage, de pain et d'olives. Ils se rafraîchirent d'eau et de vin épicé. Devant l'appétit féroce de Marcos, Jean d'Ibelin vint à le plaisanter.

- Ce ne peut être la faim qui commande un tel appétit ! s'exclama Jean d'Ibelin en regardant Marcos qui nettoyait des côtes de moutons de toutes traces de viande.
- Est-ce la plus appréciable des boissons que nous puissions servir en ton royaume ? répondit Marcos après avoir avaler le fond de son godet de mauvais vin épicé.
- Le royaume de Jérusalem est tel que moi, toi ou encore Dighénis, il n'appartient qu'à lui seul, assura Jean d'Ibelin en souriant de ce royaume chimérique remis entre ses mains. Devant tant d'autodérision, tous rirent.

Une foule bigarrée et hétéroclite se pressait sur le marché. Les hommes de savoir, de religion et de pouvoir côtoyaient les pauvres pleins d'espérance, venus de toutes les contrés. Le commerce était prospère et les connaissances s'échangeaient.

A Saint Jean d'acre, Dighénis et Jean d'Ibelin tentèrent de rallier à eux des combattants. Ils ne convainquirent que peu de seigneurs ou de chevaliers de les suivre. Les engagements furent peu nombreux, seuls une dizaine de chevaliers au passé parfois trouble se lièrent à eux. En bon organisateur, Marcos équipa tous les hommes dans les nombreux entrepôts et marchés de la cité. Entre les marchands d'Italie et de Provence, il acheta chevaux et dromadaires, tout en les chargeant de vivres pour un imminent départ. En bon négociant, il s'informait tout en discutant âprement le prix exigé. Il avait été le premier renseigné des dernières nouvelles.

Les hordes mongoles, nombreuses et puissantes, avaient dépassé la cité de Saint Jean d'Acre sans l'attaquer. Elles avaient doublé le lac de Tibériade et s'étaient emparés de Hattin et de Naplouse. Elles marchaient à présent sur Jérusalem. Houlagou était revenu de Mongolie après les funérailles et les cérémonies mortuaires de son frère l'empereur Mangou, grand khan des mongols. Avec la colère du deuil, Houlagou reprenait sa terrible course contre les peuples libres avec plus d'empressement et de barbarie.

Jean d'Ibelin était entouré de sergents d'armes expérimentés, ces hommes de confiance connaissaient toutes les cités de l'Orient latin*. Ils avaient parcouru les terres arides et les vallées verdoyantes d'Antioche à Jérusalem. Par leurs contacts à Saint Jean d'Acre, certains obtinrent des précisions sur les événements. L'un d'entre eux qui tenait ses paroles d'une servante officiant auprès d'un noble égyptien revenu depuis peu du Caire raconta :

- Houlagou a envoyé une ambassade au prince d'Égypte pour qu'il se soumette sans délai. Devant l'arrogance de ses éleveurs de chevaux, les envoyés de l'ambassade mongole eurent la tête tranchée. La guerre sainte est proclamée dans tout le royaume d'Égypte. Une armée de plus de dix mille soldats mamelouks est en marche sur Jérusalem, confia le soldat, plein de fierté d'avoir obtenu de si riches confidences.
- Es-tu assuré de tes révélations ? demanda Jean d'Ibelin.
- La langue d'une femme amoureuse ne ment pas, déclara le soldat.
- Faut-il qu'elle soit aveugle et anosmique, se moqua Jean d'Ibelin. De telles paroles ne pouvaient être dites que sous le couvert d'une complicité de plusieurs années.
  Sais-tu quand cette armée aurait quitté l'Egypte ? demanda Dighénis.
- Pas exactement, une semaine peut-être plus, peut-être moins, l'émir Al-Malik ad-Dîn Baybars en a le commandement, déclara l'homme.
- Comment dis-tu qu'il se nomme ? l'interrogea Dighénis.
- L'émir Al-Malik ad-Dîn Baybars, répéta le confident.

Ce nom évoquait à Dighénis, Jean d'Ibelin et Marcos les spectres du passé : la croisade de Saint Louis et l'incursion en terre d'Égypte dix ans plus tôt. La conclusion en avait été tragique. Al-Malik ad-Dîn Baybars qui n'était point émir à l'époque des faits, avait été un adversaire redoutable pour les croisés. Tous gardèrent un silence interrogatif. Quel serait l'attitude de Al-Malik ad-Dîn Baybars et des troupes mamelouks envers les croisés ? Les ennemis d'hier deviendraient-ils des alliés d'aujourd'hui ou livreraient-ils bataille ? La question se posait. Dighénis, Marcos et Jean d'Ibelin, les seuls à avoir voix au chapitre, s'entretinrent. Devant la précipitation des événements, ils se devaient d'agir promptement et avec intelligence. La décision fut unanime pour rejoindre au plus vite Jérusalem dont les hauts murs parviendraient à endiguer la force des mongols.

La troupe se mit en marche le long de la côte, augmentant ses rangs par plusieurs dizaines de volontaires à Haifa. Avant de parvenir à Césarée, ils s'enfoncèrent dans les terres vers l'Orient. Sans relâche, plus de cent cavaliers chevauchèrent sur les chemins de Galilée en direction de Jérusalem. Ils poursuivirent au plus tard de la nuit, sous la lumière de la pleine lune. Ils ne purent profiter de l'accueil des villages ou de la fraîcheur des rives du Jourdain, ils devaient parvenir impérativement derrière les hautes murailles de Jérusalem avant les mongols et les mamelouks. Dighénis y attendrait Houlagou et Al-Malik ad-Dîn Baybars.

Trois jours s'écoulèrent. La longue file de cavaliers avançait avec peine sur les chemins de pierres sèches et de poussières. Une suite continuelle de collines se révélait devant eux. Dans cette végétation rase et épineuse, l'ombre des oliviers y était rare et l'eau absente. Le soleil était haut, et brillait avec toute sa force. Les hommes suaient abondamment sous leur carapace de métal brûlant et leur épaisse protection. Leurs pas se faisaient plus traînants, leurs gestes plus lents, et leurs volontés s'émoussaient. Dans le ciel, des rapaces surveillaient leur marche forcée en de grands cercles. Ils attendaient la résignation des plus faibles pour fondre sur leur proie. Le chemin à parcourir s'annonçait long et incertain. A la menace habituelle des rançonneurs et des sarrasins, la région était parcourue par des avants gardes mongoles et mamelouks. Plus ils s'approchaient de la région de Jérusalem, plus la prudence s'imposait, des éclaireurs veillaient à leur ouvrir un passage sûr.

Ils parvinrent proche de Naplouse. Des nuages de fumées montaient dans le ciel. Les bannières du sultan d'Égypte flottaient sur la cité. La voix cristalline du muezzin s'élevait vers les cieux.

- Que s'est-il passé ? s'interrogea à voix haute Jean d'Ibelin.

- La bataille s'est faite sans nous, déclara Marcos. Sa voix laissait percer une déception.

Fallait-il être insensé pour vouloir ainsi braver inconsciemment la mort ? Un homme de la troupe, égyptien d'origine, partit se renseigner discrètement et revint.

- La cité a été délivrée des mongols il y a deux jours. Personne n'est autorisé à entrer. Les portes sont fermement gardées. Le vieux marchand rencontré ne doit sa vie qu'au riche chargement abandonné aux mains des mamelouks, rapporta le soldat.
- Nous allons devoir présenter les armes pour entrer dans la cité, déclara Jean d'Ibelin.
  Sans compter que les mamelouks ne nous apprécient guère et qu'ils ne seront pas enclins à la clémence à notre égard, poursuivit-il.
- Détrompe-toi, leur victoire va les convaincre qu'ils ne peuvent craindre une troupe aussi réduite que la nôtre, plus encore un seul homme, déclara Dighénis.
  Je vais aller au-devant pour rencontrer leur maître, derrière chaque soldat se cache un seigneur, dit Dighénis en souriant.
- Quand partons-nous ? interrogea Marcos qui imposait sa présence.
- Allons-y, déclara Dighénis.
- Il ne serait autrement que je me joigne à vous, assura Jean d'Ibelin.
- Kypréos tu resteras ici et veillera au maintien des hommes dans la plus grande discrétion. Assure-toi qu'aucun feu ne soit allumé, reste dissimulé au regard de la cité derrière les collines. Sans notre retour avant demain soir, quitte les lieux, dirige-toi vers Saint Jean d'Acre et fait connaître notre infortune, commanda Dighénis.

Dans le regard de Kypréos, un feu brulait, il s'illuminait d'une volonté de s'honorer avec droiture du devoir à accomplir. Il reconnaissait en Dighénis le maître, le père, le frère et le compagnon, celui qui l'avait fait homme. Dighénis, Marcos et Jean d'Ibelin s'approchèrent de Naplouse.

A l'extérieur de la cité, sous l'autorité de trois soldats égyptiens aux visages féroces, des prisonniers mongols creusaient des tombes avec la plus grande des peines. Ils ne levèrent point la tête à leur passage, condamnés en ce monde.

Dighénis, Marcos et Jean d'Ibelin parvinrent devant les larges portes de la cité. Deux gardes les interpellèrent.

- Qui êtes-vous ?
- Des voyageurs, nous voulons simplement faire étape avant de rejoindre Jérusalem, répondit Jean d'Ibelin.
- Nul n'est autorisé à passer, retournez d'où vous venez avant que vous ne le regrettiez, menaça l'un des soldats.
- Passez votre chemin, ajouta l'autre.
- Et si j'étais connu de votre maître Al-Malik ad-Dîn Baybars, parlerais-tu comme tu le fais ? questionna fermement Dighénis.

A l'évocation d'Al-Malik ad-Dîn Baybars, les visages devinrent sombres. Les deux soldats échangèrent un bref regard inquiet. La sévérité d'Al-Malik ad-Dîn Baybars était connue et crainte.

- As-tu une marque de reconnaissance qui puisse t'ouvrir les portes de la cité ? demanda l'un des soldats. Le ton de sa voix s'était adouci.
- Réclames-tu des preuves de Dieu pour croire en lui ? répondit sévèrement Dighénis.

Les deux soldats se regardèrent encore, tout cela les laissait perplexes. Marcos restait en arrière silencieux, prêt à dégainer l'épée au moindre péril.

- Que se passe-t-il ? interrogea un homme du haut des murailles. Il était posté sur le chemin de ronde et les observait d'un regard perçant. L'homme avait les traits caucasiens, c'était un turc mamelouk.

- Ses hommes disent connaître Al-Malik ad-Dîn Baybars, répondit le garde en désignant de la main Dighénis et ses compagnons.
- Et ils veulent le rencontrer au plus vite, compléta Dighénis.

Dès ses mots, le mamelouk disparut des murailles. Des ordres furent criés et les portes s'ouvrirent avec lenteur sous la poussée bruyante des servants. Le mamelouk apparut à la tête d'un groupe compact d'une dizaine de soldats. Il était habillé de cotonnades blanches pleines de salissures, protégé d'un casque léger et armé d'un long cimeterre sur le côté. C'était un animal sauvage et dangereux.

- Vous connaissez notre maître ? Qu'est ce qui m'assure que vous n'êtes pas de ses chrétiens à la langue chargée de tromperies ?
- Au nom d'Allah, le Tout Miséricordieux, le Très Miséricordieux. Dieu ne dirige pas les transgresseurs et les menteurs [10], nous ne voulons t'offenser et ne voulons que suivre le destin qui nous mène à ton maître, cita Dighénis.

Par l'instruction coranique de son père, Dighénis avait acquis une forte connaissance des textes sacrés durant l'enfance et cela lui avait été utile à de nombreuses reprises.

- Entre dans la cité, un soldat va te mener auprès d'Al-Malik ad-Dîn Baybars, conclut le mamelouk rassuré par les paroles du prophète et l'attitude de Dighénis. Sache que si ta langue a menti, tu le paieras de ta vie.

Dighénis, Marcos et Jean d'Ibelin entrèrent dans la cité. Les ruelles étaient abandonnées par les naplousiens. Ils étaient choqués par tant de violence et les rescapés se dissimulaient tels des animaux effrayés. La prise de la cité par les mongols et leur délivrance par les mamelouks avait fait trop de morts et de blessés pour qu'ils puissent imaginer que la vie reprit ses droits. Des soldats indigènes égyptiens patrouillaient, des ombres furtives se glissaient le long des murs. A plusieurs reprises, ils durent justifier leur présence. Pleins d'une patience exigée, ils progressèrent. Le soldat égyptien les amena au cœur de la cité. Les égyptiens et les mamelouks en armes y étaient fort nombreux. De petits groupes de soldats s'animaient en conversations enflammées et bruyantes. La venue des trois chevaliers suscita des regards interrogateurs et curieux.

- C'est là qu'est notre seigneur Al-Malik ad-Dîn Baybars, dit le soldat en pointant de grandes tentes posées dans le jardin d'une forte bâtisse édifiée par les templiers.

Le soldat parla à un mamelouk pour annoncer Dighénis, celui-ci les observa minutieusement tout en écoutant le soldat. Il n'eut le temps de les interroger avec plus de précisions, un cavalier mamelouk parut suivi d'une troupe nombreuse. Il concentrait toutes les attentions. Il se tenait sur un destrier de prestance à la robe marron. La riche tenue portée, le regard haut et fier, le port altier révélaient la nature exacte et puissante d'Al-Malik ad-Dîn Baybars. Les soldats se prosternèrent à son passage marquant leur obéissance servile.

Al-Malik ad-Dîn Baybars vit Dighénis et ses compagnons. Le mamelouk tira fermement les brides du cheval. L'animal avait une musculature trahissant une grande puissance, la tête haute, les oreilles pointées et la crinière hérissée. Le chanfrein* doré ne laissait voir qu'un regard perçant et les nasaux rouges palpitants de colère. L'émir Al-Malik ad-Dîn Baybars semblait faire corps avec son cheval, il se tenait droit sur sa monture. Il était paré d'un large turban lui entourant la tête, d'un riche vêtement brodé d'or et d'un long sabre à lame recourbée fixé au niveau de la taille. L'émir Baybar portait une barbe mi-courte et pointue sur un visage ambré, ses yeux noirs étaient profondément ténébreux et cruels, il s'approcha de Dighénis.

- Qui êtes-vous pour montrer l'arrogance de vous tenir devant mon maître sans mettre genoux à terre ? éructa l'un de ses lieutenants.
- Nous venons de Chypre, vous avertir que les croisés de Saint Jean d'Acre resteront neutres face à votre lutte contre les mongols, pour ma part et parlant au nom de mes compagnons

présents, nous venons vous offrir nos armes pour combattre les hordes de Houlagou sous vos étendards, dit Dighénis.

Al-Malik ad-Dîn Baybars restait silencieux, impassible et froid. Il dissimulait la vérité de ses impressions.

- Crois-tu sérieusement que trois hommes seuls, peureux de leur propre ombre peuvent abattre ces chiens de mongols ? défia Al-Malik ad-Dîn Baybars.

La moquerie fit jaillir une rivière de rires dans la troupe des cavaliers mamelouks. Dighénis lança un regard à Marcos et Jean d'Ibelin pour qu'aucun ne réagisse instinctivement aux injures proférées. Le sang de Jean d'Ibelin bouillonnait d'une colère contenue. Marcos restait serein, attentif, la main sur le pommeau de son épée.

- Sur notre valeur, je n'ai point de doute. Si tu veux en juger, je relèverai le défi le plus apte à te convaincre. Pour ce qui est du nombre, plus de cent hommes d'armes attendent tes ordres à l'extérieur de la cité. Ils veulent combattre les mongols, te perdras-tu en déraisonnables palabres pour faire ennemi celui qui veux être ton allié ou agirons-nous ensemble pour briser les reins de ton ennemi ? l'interrogea Dighénis en jetant son regard dans le puits d'abime des yeux noirs d'Al-Malik ad-Dîn Baybars.

Un silence.

- J'accepte tous les appuis d'où qu'ils puissent venir, nous ne serons jamais assez nombreux pour écraser ses pourceaux. Si un seul de tes hommes venait à menacer les miens ou avoir une conduite indigne au regard de notre prophète, le glaive tranchera vos têtes, assura Al-Malik ad-Dîn Baybars.
- Qu'il en soit ainsi, et que Dieu nous protège, pria Dighénis.
- Allah Akbar*, proclama Al-Malik ad-Dîn Baybars.

L'alliance était scellée, des présents d'argent et d'étoffes furent remis à Baybar et pour le sultan d'Égypte. Des divertissements et un repas furent offerts aux convives en présence d'Al-Malik ad-Dîn Baybars. La lune brillait avec splendeur. Les hommes de Dighénis campèrent à l'extérieur de la cité. Enveloppés dans leurs capelines, ils étaient étendus près de grands feux mourants, les chameaux dormant autour d'eux. Les hommes restaient à l'écart malgré les exhortations de Dighénis pour qu'ils fissent connaissance avec les musulmans. Il avait pris le temps de leur expliquer, que les ayant combattus à maintes reprises, il connaissait bien ces hommes qui avaient un art de vivre qui les menait vers le renoncement à une vie facile et égoïste. Dighénis assura qu'ils n'étaient pas si dissemblables d'eux, mais les soldats étaient restés sourds et muets à ses paroles. Voyant que cela apportait le doute dans leurs âmes, il n'avait pas insisté, ne voulant pas perdre le peu de soldats dont il disposait. Marcos fit distribuer du pain, des sandales et deux rabouins d'argent, et commanda qu'aucune goutte de vin ne soit bue à la vue d'un sarrasin. Celui qui dérogerait à la règle serait durement puni.

- Comment va mon ami ? demanda Dighénis à Marcos alors qu'ils rejoignaient Jean d'Ibelin à la tente de commandement.
- Pour dire vrai, je préférais ma vie à Chypre, répondit-il en riant.

Les hommes ont peur. Certains pourraient partir, ils craignent de combattre un ennemi supérieur en nombre et d'y laisser leur vie. Certains disent que s'allier aux sarrasins est contre nature. C'est pour eux un acte impie que de combattre nos ennemis d'hier. Crois-tu que le sultan d'Egypte va conduire son armée vers la victoire ? demanda Marcos.

- Il arrive dans quelques jours, nous verrons cela. Je parlerai aux hommes demain. Tu veux combattre Marcos mais ta vie n'est ...
- Ne dis rien, ne t'inquiète pas pour moi, nous vaincrons avec les honneurs et je pourrais raconter cette bataille à ma fille, et au fils que je concevrai dès mon retour.

Pendant près d'une semaine, chaque jour que Dieu faisait, les troupes du sultan d'Égypte arrivèrent plus nombreuses dans Naplouse au son des timbales et des cors. La cité devint trop petite pour accueillir tant de soldats.

Le sultan d'Égypte vint à arriver. Il était escorté par une longue cohorte de mamelouks montés sur des chameaux et accompagné de familiers et de conseillers. Il entra dans la cité de Naplouse. Le souverain était déterminé à sauvegarder son royaume et le fit comprendre à ses généraux en ordres et en menaces. Eux s'adressèrent aux troupes avec plus de sévérité rappelant les ravages faits par les mongols, illustrant leur barbarie, rappelant que la vie des leurs, de leurs femmes et de leurs enfants, étaient entre leurs mains. Al-Malik ad-Dîn Baybars condamna pour l'exemplarité plusieurs soldats, les châtiments furent cruels. Les imams crièrent la volonté d'Allah et évoquèrent les tourments célestes. Par les exhortations, l'ardeur à combattre et la volonté de vaincre se diffusèrent.

En ce début de septembre de l'an de grâce 1260, l'armée mamelouke du sultan d'Égypte se mettait en marche pour faire face aux hordes mongoles de Houlagou. Des hauteurs des remparts, les naplousiens purent voir s'éloigner l'armée du sultan dans le chatoiement brillant de la multitude d'armes, le flottement des enseignes et les oriflammes au vent, entendre le son des cornes, des tambours et des fifres. Au plus grand de leur contentement, la vie et le commerce allaient pouvoir reprendre sa marche.

L'émir Al-Malik ad-Dîn Baybars prit le commandement de l'avant-garde. Il fit une déclaration pleine de haine :

- Dieu a fait de belles promesses à tous, mais il a destiné aux combattants une récompense plus grande encore qu'à ceux qui sont restés dans leurs foyers. Les lâches et les traîtres ne pourront vivre dans nos rangs, combattez, tuez ses chiens de mongols jusqu'aux derniers, n'ayez-point de pitié pour l'incroyant, celui qui injure la parole de prophète.

Les imams poursuivirent en invoquant le nom de Dieu et de sa toute-puissance. Une immense colonne de cavaliers quitta Naplouse en direction des mongols. Un nuage de poussière s'élevait derrière les chevaux et les dromadaires. Armés de longs couteaux, d'épées effilées, de haches tranchantes et de lances pointues, les soldats étaient déterminés. Ils étaient équipés de cottes de mailles et de vêtements de cuir. De nombreux combattants avaient pris un soin particulier à se vêtir de leurs plus beaux apparats pour ses prochains jours de lutte, et de possible mort. Les mamelouks brillaient dans leurs habits de couleurs vives, portant une coiffe de mousseline blanche ceinturant la tête en turban, une chemise de soie, un gilet sans manches orné de broderies d'or et d'argent, et un pantalon bouffant maintenu par une large ceinture de soie bleue. Ils étaient armés de sabres courbes richement décorés. Les mamelouks, hommes de confiance et compagnons d'armes de l'émir Al-Malik ad-Dîn Baybars étaient prêts à mourir en combattant.

Dighénis, Marcos, Kypréos, Jean d'Ibelin et la centaine de cavaliers venus de Chypre et des États croisés chevauchèrent à la droite des troupes de l'émir protégeant leurs flancs.

Dans sa tragédie personnelle, Dighénis était mû d'une volonté furieuse de combattre, aucun n'aurait murmuré que ce fut par lâcheté qu'il quitta sa terre natale. Il voulait prouver sa valeur, se confronter à cet ennemi et lui faire sentir toute la haine accumulée depuis qu'il avait été chassé de Cilicie. Il chevauchait sans crainte pour affronter les hordes mongoles. Depuis son départ, Dighénis avait un goût en bouche, le goût amer du chagrin. Il combattrait avec plus de force et de courage que n'importe lequel de tous ses soldats.

Ils firent étape pour la nuit dans un village qui ne montra aucun signe d'hostilité. Le chef du village accueillit cette troupe affamée sans se douter qu'elle était sauterelle dans un champ. Les vivres furent réquisitionnés jusque dans les maisons. Tout le bois de réserve fut brûlé pour allumer de grands feux. A la lueur des flammes dansantes, dans une nuit étoilée et fraîche, Dighénis se retrouva auprès de Marcos, Kypréos et Jean d'Ibelin. Une odeur de viande grillée se répandait.

- Regarde, j'ai eu le temps à Naplouse de me procurer de l'huile d'olive et du savon, déclara Marcos en extrayant d'un sac de toile plusieurs pains rectangulaires granuleux grisâtres et une fiole de céramique.
- N'y a-t-il point cela à Chypre ? demanda Dighénis.
- Assurément pour l'huile d'olive. Pour ce qui est du savon, l'odeur de certains en témoigne, nous en manquons !

s'exclama Marcos qui observait minutieusement avec l'œil exercé du marchand, les objets de son prochain commerce.

- La pierre ponce est tout aussi efficace, assura l'un des lieutenants de Jean d'Ibelin présent.

Par un réflexe malheureux, Kyprèos vint à sentir ses vêtements.

- Je ne parle pas pour toi mon garçon, l'interpella Marcos.

Tous les hommes rirent, sans moquerie, le rire écartait l'esprit des craintes de la bataille.

Les hommes s'endormirent. Certains songèrent à l'honneur à acquérir, d'autres aux richesses à amasser, d'autres encore aux femmes à enlever, il en fut que la mort accabla dans leur faible sommeil. Il y eu autant de songes que d'hommes.

Le lendemain matin, réveillés, ils reprirent leur chemin dès les premières lueurs de l'aube naissante. La troupe progressa pendant plusieurs jours, sans voir aucun mongol. Les paysans saluaient de loin ses guerriers calmes et silencieux qui n'avaient rien de semblables avec les terribles hordes mongoles qu'ils avaient vus chevaucher bien des jours auparavant.

Ce fut en fin de journée du troisième jour que la rencontre se fit. Les mongols, sur leurs petits chevaux rapides, à la robe noisette, à la crinière noire et la queue épaisse touchant le sol, se présentèrent en un petit groupe. Ils se tenaient sur les hauteurs d'une colline et observaient. Dès qu'ils aperçurent l'avant garde de l'armée du sultan, ils se mirent à fuir pour alerter leurs maîtres.

- Marauds, chiens d'infidèles, allez–vous combattre, vociférait Marcos en leur adressant la fermeté d'un poing serré.
- Te voilà à présent disciple d'Allah, s'exclama Dighénis devant l'emportement de son compagnon.
- Qu'importe la religion, Dieu porte mon glaive, dit Marcos en prenant le ton dévot des prêtres.

Kypréos, Jean d'Ibelin, Marcos et Dighénis rirent.

Le soleil était bas lorsque les mongols réapparurent, vision brève et menaçante de fin du jour. Al-Malik ad-Dîn Baybars ordonna à l'avant-garde de l'armée du sultan d'Égypte de ne pas prendre l'initiative de poursuivre l'ennemi mongol au risque de subir de terribles embuscades. Au messager du sultan qui lui commandait de pourchasser les mongols, il fit répondre :

- Il faut astreindre l'ennemi à sa volonté et ne pas se laisser contraindre par lui, c'est la clef de notre prochaine victoire.

Al-Malik ad-Dîn Baybars voyait en Houlagou un être plus sournois que lui n'était. La vérité était qu'ils se valaient l'un l'autre dans la cruauté et leur avidité au pouvoir.

Plein de méfiance et ayant éprouvé toute la perfidie mongole, Al-Malik ad-Dîn Baybars fit dresser un camp sur les hauteurs rocheuses d'un double mamelon nu de végétation. Les hommes furent sur leurs gardes la nuit durant, sommeillant plus que dormant, veillant, vigilants. De fourberies, il n'en fut rien, et la nuit s'écoula pour laisser l'aube se lever. Elle fut semblable aux autres matins, silencieuse et paisible. Dighénis s'éveilla et regarda l'horizon embrasé d'un feu orangé. Kypréos parlait. Il se tenait près de Marcos, la paume des mains ouvertes vers un feu mourant, des flammèches s'élevaient dans son dernier soupir. Kypréos avait une voix évocatrice et sombre.

- Le royaume franc est couvert d'églises, les clochers s'élèvent aussi nombreux que les piquants du hérisson. En leur antre, le vin est bon, la miche de pain épaisse, la quête fructueuse. La maison du seigneur est colorée et nettoyée par le sang et la sueur de ses serviteurs, tous apeurés de leur ombre, s'éleva Kyprèos.
- Tous les prêtes connaissent la vérité, ils la dissimulent. Un jour avant de mourir l'un d'eux me l'a confiée, dit Marcos.

Kypréos attendait la révélation de Marcos, lui savait qu'un silence placé accordait plus de portée à ses paroles.

- Le paradis est temporel, charnel et terrestre. Il faut profiter des biens d'ici-bas, affirma Marcos.

Dighénis écoutait. Il connaissait son compagnon d'armes. Depuis leur rencontre, Marcos avait toujours émis les plus profonds doutes sur l'existence de Dieu et ses disciples. Ses propos lui avaient valu quelques vigoureuses et mémorables querelles. Dighénis souriait en se souvenant de ce prêtre qui maltraitait des enfants. Plus de cinq années s'étaient écoulées depuis les faits dans ce village de Syrie, placé sous l'autorité des croisés. Marcos y avait vu un prêtre corrigé sévèrement des enfants sans aucun motif que celui d'un divertissement apprécié pour le tortionnaire. Marcos avait ordonné au prêtre d'arrêter immédiatement de les frapper. D'un sourire moqueur, le prêtre avait répondu que cela ne le regardait aucunement et qu'il devait passer son chemin prestement, le menaçant de l'abîme et de sa condamnation au jugement de Dieu. Aux paroles entendues, Marcos était devenu enragé. Résolu à extirper le mal du cœur de ce prêtre, Marcos l'avait fouetté au sang avec une branche de bois vert. Le prêtre avait demandé grâce jusqu'à implorer Marcos d'arrêter, lui promettant du vin et de l'or, ce qui avait redoublé sa colère. Il l'avait ensuite roué de coups, le menaçant de mort s'il venait à recommencer. La brulure de la chair et la douleur ressentie devaient être gravées profondément dans la mémoire du prêtre. Marcos était sans crainte du courroux divin et fuyait systématiquement les prêches et les prédications. Il avait vu trop d'hommes s'adonner aux pires exactions au nom de Dieu sans qu'ils ne soient aucunement châtié de la main divine, certains étaient devenus de puissants seigneurs, de cela il en gardait rancune à Dieu, et s'expliquerait avec lui le jour de son jugement. Dighénis se leva et s'approcha.

- Doucement mon ami, certains ne partagent pas tes convictions, dit Dighénis en mettant sa main sur l'épaule de son compagnon.

Des hommes recroquevillés dans leur couverture somnolaient ou s'éveillaient dans la douceur matinale. Certains écoutaient silencieusement.

- Et toi qu'en penses-tu ? lui demanda Marcos.

- Tu connais ce que je pense plus que tout autre ! Les souffrances des outrageux sont des maux bien terrestres. Et puis, ne va pas contrarier Dieu en ce jour de bataille, il est notre allié, il soutient notre épée, dit pieusement et d'une voix qui se devait d'être entendue.
- Tu es bien religieux ce matin ! s'exclama Marcos.

Dighénis était homme des deux religions et d'aucune. Il était sans conviction et ne priait Dieu que lorsque son salut et sa présentation devant le miséricordieux paraissait inéluctable. Ce matin, ses paroles voulaient rompre toute accusation d'affront au seigneur. Dighénis ne voulait point dissuader les combattants d'exercer leurs ardeurs religieuses sur le champ de bataille.

Dighénis savait que Dieu ne frapperait pas les mongols de son épée, il devrait être cette main divine et punitive. Il s'approcha du feu ragaillardi par des sarments secs, il crépita et des flammes s'élevèrent. Elles vinrent à lécher un pot de fer qu'un homme venait de déposer, il contenait une épaisse bouillie de millet. Dighénis se frotta les yeux et s'étira. Son corps s'éveillait péniblement d'une nuit trop courte. Son dos lui rappelait la dureté de cette terre rocailleuse sur laquelle il s'était endormi, protégé par une seule peau de bête. Il observait la colline vivante d'hommes qui s'éveillait autour de lui.

- As-tu la crainte de ne pas avoir ta place à la droite de Dieu, dit Marcos.
- J'ai plus de raison de l'avoir que toi, voleur que tu es ! répondit Dighénis.

Ils étaient peu nombreux les soldats, à l'image de Marcos et de Dighénis à afficher une mine enjouée. Les visages étaient généralement fatigués, certains inquiets. Kypréos était songeur, il allait devoir démontrer prochainement son courage et sa valeur.

Al-Malik ad-Dîn Baybars fit reprendre la direction du nord aux cavaliers. Des groupes de plus en plus importants de mongols se firent remarquer, aucun n'acceptait la confrontation et disparaissait aussi promptement qu'il avait apparu.

Le soleil s'approchait de son zénith lorsque des groupes de cavaliers revinrent précipitamment. Ils avaient vu des soldats mongols en grand nombre, et ne doutaient point qu'il s'agisse de l'armée de Houlagou. Leurs regards étaient si effrayés et leurs propos étaient si désordonnés que l'un d'entre eux reçu bastonnade pour punition. Aux récits rapportés des cavaliers, Al-Malik ad-Dîn Baybars ordonna d'aller à la rencontre de l'armée mongole, aucune bataille ne devait être engagée. Quelques centaines d'hommes se présentèrent face à plusieurs milliers. De cette muraille humaine, s'élevait des pointes et des étendards, des cris et des notes.

Le guerrier mongol possédait un arc et des carquois remplis de flèches pointues, des haches, des épées et des boucliers d'osier. Ces puissants guerriers étaient issus des tribus nomades de Mongolie, auxquelles s'ajoutait le grand nombre des peuples conquis. Ils avaient vaincu l'empire Sung et l'empire Chin, conquis l'Asie entière et défait le Kharezm, gagnés l'Hindu Kush et abattus le sultanat ayyoubide, frappés les princes de Kiev, terrorisés les Assassins et effrayés les armées européennes. Les mongols étaient craints pour leur grande cruauté.

Devant cette masse humaine toute puissante, Dighénis se fit songeur, presque inquiet. Comment les stopper ? Le souvenir mordant de la déroute sur ses terres de Petite-Arménie, et de tous ceux qui étaient morts en s'opposant aux mongols se fit plus prégnant.

La mémoire de tous ceux qui l'attendaient dans les hautes montagnes du Taurus lui rendit toute la force nécessaire pour la prochaine bataille. Le temps n'était plus aux interrogations, ni aux doutes. Comme avant toute ses batailles, il leva les yeux, plongea longuement son regard dans l'étendue bleue et lumineuse du ciel. Il se récita à voix basse les paroles de son défunt père « on ne naît pas homme, on le devient ».

Prévenu de l'imminente confrontation avec les mongols, le sultan d'Égypte fit presser ses troupes pour rejoindre au plus vite l'avant-garde d'Al-Malik ad-Dîn Baybars. Les armées prêtes au grand jeu de massacre, se retrouvèrent face à face dans la vaste plaine d'Ain-Djalout entre Nablouse et Baissan, au lieu nommé la source de Goliath. Dès que les mongols aperçurent l'avant garde de Baybar, ils chargèrent. Une pointe impulsive de deux à trois milles cavaliers s'élança à toute force, hurlant comme des possédés et faisant tournoyer leurs sabres au-dessus de leurs têtes. Protégeant l'aile gauche de l'avant-garde mamelouke, Dighénis et ses hommes, que l'attaque mongole voulait frapper de toute sa force, s'ébranlèrent eux aussi.

- Ibelin, hurla Jean d'Ibelin dégainant son épée et s'élançant les éperons dans les flancs de son cheval.

Dighénis s'élança, suivi de tous les chevaliers et de Marcos. Il claquait le plat de son épée sur la croupe de son cheval pour lui faire accélérer son galop, ce qui lui permit de rejoindre Jean d'Ibelin et d'être à la pointe de cette épée d'hommes qui se planterait mortellement dans le cœur de l'ennemi. La distance se réduisit rapidement, un grondement sourd s'élevait de la masse noire des cavaliers mongols qui lui faisait face, Dighénis abaissa son arme sur le côté, mit son bouclier de face, et l'instant d'après ce fut un choc brutal et violent. Le bruit des armes, les hennissements des chevaux, les cris des hommes se mêlèrent dans un sanglante entrelac de cris et de corps. Le chaos régna. Les mongols étaient trop nombreux mais les ordres n'étaient que d'engager le combat provisoirement et de se replier rapidement. Dighénis para plusieurs coups, trancha un bras, enfonça son épée dans la gorge d'un autre combattant mongol qui tentait de se mesurer à lui, puis se dégagea pour battre en retraite. Certains chevaliers restèrent morts ou gravement blessés sur le champ de bataille. Kypréos avait une profonde entaille à la cuisse. Le sang s'écoulait de sa jambe. Son visage traduisait une immense souffrance. Il cherchait au plus profondément de lui-même les forces nécessaires pour rester accroché sur sa monture, sa vie en dépendait. Kypréos n'était pas un cavalier émérite mais les quelques mois pendant lesquels Dighénis lui avait inculqué les rudiments de l'art équestre lui permettaient aujourd'hui de sauvegarder sa vie. Pour lui accorder un peu plus de temps dans son échappée, Dighénis fit subitement volteface et se jeta contre les mongols qui le pourchassaient. Son habileté dans le maniement de l'épée, lui assura la victoire face à un premier combattant, puis un second. Perdant la vitesse de la course qui donne un grand avantage, il dût parer un coup de sabre d'un troisième tatare qui vint frapper avec violence son bouclier. Cet adversaire se révéla plus résistant et habile que les autres. Leurs chevaux luttèrent avec plus de force que les cavaliers. D'autres mongols arrivèrent rapidement, et

Dighénis était sur le point de ne plus pouvoir parer les coups que le mongol lui portait quand le cri de Jean Ibelin se fit entendre. Accompagné d'une dizaine de cavaliers, ils venaient à leur tour lui porter aide et secours. Dighénis put rompre le combat et repartir avec ses hommes.

Kitou-Koga, le général mongol de l'armée de Houlagou leva les yeux, Tängri le ciel-dieu, détenteur de la force aux hommes, assurerait leur protection et leur prochaine victoire sur les mamelouks. Dès l'engagement de la bataille, l'avantage était indéniablement en leur faveur. Voyant fuir l'avant-garde mamelouke en déroute, il décida de les poursuivre afin de tous les exterminer. Aïn Djalout serait le tombeau de ceux qui s'opposent aux volontés des forts, l'écrasement de toute résistance dans ce lieu où David tua Goliath, dans la vallée d'Elah. Un ou deux milliers de cavaliers mongols écrasaient les jeunes pousses de pistachiers, labourant le sol dans un fracas ahurissant. Les tatares s'engouffrèrent progressivement dans la vallée, un flot de cavaliers s'écoulait en un serpent ondulant des hauteurs décidés à en finir avec l'avant-garde mamelouke.

Ils ne virent que trop tardivement les archers mamelouks postés sur des hauteurs. Ceux-ci firent pleuvoir des flèches qui s'abattit en ondée mortelle et blessa un grand nombre de cavaliers mongols. Une vague de cavaliers mamelouks vint leur faire face, la lutte fut féroce. Les mamelouks déployèrent toute leur volonté et toute leur ardeur pour combattre, ce qui parvint à effrayer les terribles mongols. Et malgré leur supériorité numérique et les sacrifices payés en vies humaines, les mongols ne parvenaient pas à prendre le dessus, ni n'arrêtaient les mamelouks qui luttaient jusqu'à ce que la mort les emporte, et elle fut généreuse. La confusion de la lutte fut complète, le sang coula sans discontinuer. La bataille fit rage jusqu'à ce que le général mongol Kitou-Koga soit pris d'un doute face à sa victoire tant proclamée. Il prit alors le parti de se réfugier avec un millier de ses cavaliers sur les hauteurs d'une colline pour se mettre en sûreté. Les mongols devaient redouter plus encore la vengeance de l'opprimé, et malgré l'avantage pris de se positionner sur une position élevée, l'émir Al-Malik ad-Dîn Baybars, Dighénis, Marcos et Jean d'Ibelin montèrent à l'assaut avec toute l'avant-garde mamelouke et franque, bravant la mort qu'ils ne craignaient aucunement.

La colère et le ressentiment de tous les exilés venus de tout l'empire ayyoubide s'exprimèrent. Réfugiés en Égypte après leur fuite devant l'avance des troupes mongoles, ces hommes dont les familles avaient été tuées ou malmenées, ces hommes qui avaient perdu tous leurs biens et leur honneur, se déchaînèrent en une grande brutalité. Furieuse fut leur attaque et désespérée la défense des mongols qui furent taillés en pièce. Le général mongol Kitou-Koga fut amené prisonnier devant l'émir Al-Malik ad-Dîn Baybars, en présence de Dighénis, Marcos et Jean d'Ibelin blessé au visage.

- Eh bien, ceux qui ont versé tant de sang, qui, par leurs perfidies et leurs parjures, ont fait périr tant de souverains, ont détruit tant de dynasties, sont donc enfin tombés dans nos filets, lui dit l'émir Al-Malik ad-Dîn Baybars.
- Si je meurs de ta main, c'est par la volonté de Dieu. Ne sois pas enflé d'un instant de succès, et songe que Houlagou vengera ma mort d'une manière terrible. La Syrie et l'Égypte seront foulées aux pieds des chevaux mongols, et nos soldats emporteront chez eux du sable de ton pays, Houlagou a trois cent mille cavaliers comme moi. Qu'importe que tu lui en ôtes un, menaça le général Kitou-Koga agenouillé et les poings liés dans le dos.
- Ne vante pas tes cavaliers tatars, ils n'agissent que par ruse et perfidie, et non en hommes courageux, lui rétorqua l'émir Baybar.

L'émir Baybars lui trancha la tête de son sabre. Les survivants furent achevés et massacrés sans exception, assurant une justice identique à celle que les mongols avaient rendue tout au long de leurs expéditions militaires. Quelques rares rescapés parvinrent à prévenir Houlagou et le gros de l'armée mongole se replia à l'annonce du désastre militaire. Dighénis, Marcos, Jean d'Ibelin, Baybar et toute l'avant-garde poursuivirent l'armée mongole en déroute, profitant du soutien de la population musulmane irritée des exactions commises par leurs persécuteurs.

Les mongols reculèrent au-delà de l'Euphrate, abandonnant la Syrie dans une grande déroute, harcelés sans cesse par les mamelouks du sultan d'Égypte. Dighénis et Marcos et leurs hommes suivirent l'émir qui profitait de la désorganisation des mongols pour s'assurer quelques coups rapides et victorieux. Ils réussirent à s'emparer d'un convoi pris à l'ennemi contenant de l'or, des livres, des bijoux et des armes de prestige en grande quantité.

Après le rétablissement de Jean d'Ibelin qui conserverait de cette aventure une longue balafre à la joue et de Kypréos qui souffrait d'une vilaine plaie à la jambe, le sultan d'Egypte reçut, en présence de l'émir Baybar, Dighénis, Marcos et Jean d'Ibelin, les félicitant de leur initiative et de leur valeur au combat, se basant sur les récits contés. Le sultan les convia à intégrer son armée, tous déclinèrent l'offre sans faire offense. Le sultan d'Égypte confia la Cilicie au soin de Dighénis, et le gouvernement de quelques villes en Syrie et rétablit l'autorité de Jean Ibelin sur le territoire de Jérusalem auquel s'ajoutait de nombreuses terres. Le sultan paraissait disposer, pour l'instant, à leur accorder des droits sans contre-partie.

Quelques semaines plus tard, le sultan d'Égypte, installé provisoirement à Damas, conviait ses généraux à présenter leurs hommages. L'émir Al-Malik ad-Dîn Baybars qui avait combattu avec vaillance s'inclina, il fut remercié par son souverain.

- Sultan, au nom d'Allah, le tout miséricordieux, le très miséricordieux, je te demande de répondre favorablement à ma requête, lui dit l'émir.
- Parle, j'entendrai ta prière, quelle est-elle ?
- Gouverner la cité d'Alep, demanda l'émir.

Le sultan d'Égypte prit quelques instants, réfléchissant à l'intérêt de voir l'émir Al-Malik ad-Dîn Baybars dont il craignait l'appétit de pouvoir de gouverner l'importante et stratégique cité d'Alep.

- J'ai besoin de toi pour d'autres taches que celle-ci, tu m'es trop précieux pour que je puisse me séparer ainsi de toi.

L'émir Al-Malik ad-Dîn Baybars ne pouvant contredire les volontés de son maître, approuva, tout en échafaudant sa prochaine vengeance. Le chemin du retour vers la terre d'Égypte allait être propice à ses plans.

Quelques jours plus tard, s'éloignant pour chasser, le sultan d'Égypte était en confiance accompagné de six hauts dignitaires de l'armée. Le sultan ignorait qu'ils étaient sous l'influence de l'émir Baybars qui décida de passer à l'action, craignant qu'une telle opportunité ne puisse se représenter. L'émir Baybars, présent vint solliciter la grâce d'un soldat condamné à mort pour avoir outragé le sultan. L'émir lui prit la main, et porta un coup mortel au sultan. Les comploteurs revinrent au camp pour décider celui qui remplacerait le sultan sur le trône d'Égypte.

- Que le meurtrier succède, répondirent-ils tous, craignant de s'opposer à la perfidie de l'émir Baybars.
- Je m'y place, au nom de Dieu. Asseyez-vous et prêtez serment, somma Baybars.

Tous les émirs présents jurèrent fidélité. L'armée mamelouke, Baybars à sa tête, reprit la route du Caire. Parvenus dans la cité, les crieurs publics allèrent informer la populace :

- O peuple ! Demandez la miséricorde pour le sultan d'Égypte et priez pour le sultan Al-Malik ad-Dîn Baybars.

Et pendant que l'émir devenu sultan châtiait tous les opposants à son prochain règne, les mongols reculaient plus encore, harcelés dans leur retraite. Les tatares abandonnèrent à un triste sort ceux qui les avaient soutenus. Le prince Nassir, qui avait tenté vainement de résister aux hordes mongoles et avait ensuite vendu sa fidélité, se retrouva bien mal à l'aise après leur défaite à Aïn Djalout. Les mongols ne laissèrent pourtant pas la vindicte populaire faire sa basse besogne, ils l'accomplirent de leurs propres mains. Ainsi, le prince Nassir qui cheminait avec trois cents cavaliers syriens fut rejoint par les mongols. Un astrologue, intermédiaire entre les hommes et Dieu, fut l'unique rescapé de l'ambassade du prince Nassir. Il raconta à peu près ceci :

- J'étais assis, dit-il, dans la tente du prince Nassir, qui m'avait mandé pour me consulter sur son horoscope, lorsque nous vîmes arriver, à l'heure de midi, un officier supérieur mongol suivi d'environ cinquante cavaliers. Il dit au prince Nassir qui était sorti à sa rencontre, que Houlagou l'avait envoyé pour lui donner un festin, comme une marque de sa bienveillance, et il l'engageait à le suivre avec les dignitaires qui l'accompagnaient. Le prince Nassir monta à cheval et partit avec une vingtaine de personnes. Peu après, nous vîmes arriver à nos tentes des cavaliers mongols qui nous dirent, que les autres officiers de la suite du prince, civils et militaires, étaient conviés au festin, qu'il fallait qu'ils s'y rendissent. Il ne resta au lieu du campement que les valets, les cuisiniers et les pâtres. Lorsque nous fûmes montés à cheval, ils nous menèrent dans une vallée profonde, entourée de hauts rochers, où nous trouvâmes les officiers mongols et leurs gens. Tandis que ceux-ci nous parlaient, des mongols se placèrent derrière nous, et chacun d'eux saisit un des nôtres et le garrotta. Alors je criai aux officiers que j'étais astronome, que j'avais examiné les cieux et que j'avais quelque chose à communiquer au monarque. Ils m'appelèrent, et me firent passer derrière eux ; les autres furent conduits un peu à l'écart et tous égorgés. Le prince Nassir, son frère et ses officiers connurent un sort identique ; ensuite les mongols tuèrent les valets restés près des tentes [9] ».

Fais ce que tu dois, advienne que pourra. Dighénis allait en faire sa devise, il avait quitté la Cilicie pour la libérer définitivement du joug mongol, il y était parvenu en s'honorant de nombreux faits d'armes pouvant être contés jusqu'à la nuit des temps, jouissant dorénavant de plus de renommée et de prestige qu'il n'en avait auparavant, sans que celui-ci ne soit acquis de naissance ou de fortune. Avant de repartir pour Bâlis en Cilicie, Dighénis avait organisé un vaste banquet, offert à tous les hommes ayant combattu à ses côtés. Chevreaux grillés et volailles rôties, vins épicés et fruits sucrés comblèrent les compagnons d'armes que la disette des dernières semaines avait quelque peu affamés.

Dighénis s'était longuement entretenu avec Marcos et l'avait chaleureusement remercié de son soutien et de sa participation, tout en lui offrant une aiguière* en argent finement ciselée remplie de besants d'or.

Marcos était heureux de pouvoir prochainement conter les batailles et les aventures auxquelles il avait participé.

Dighénis conversa avec Kypréos, qui se remettait doucement de sa blessure et était allongé sous une tente, au calme. Dighenis lui proposa de venir en Cilicie, à quoi Kypréos répondit :

- Vous êtes un bon seigneur, vos largesses m'ont permis de m'extraire de la dure pauvreté dans laquelle j'étais, vous m'avez gracieusement nourri et donné mes armes, vous m'avez appris à chevaucher et à combattre ; vous avez fait de moi, à partir de rien, un combattant estimé, je vous suivrai où bon vous semblera, fut-ce en enfer s'il le fallait.
- Je ne t'en demande pas tant, et c'est dit, tu seras dorénavant mon compagnon d'armes, plus que mon écuyer.

Dighénis fit accorder à Kyprèos le statut de chevalier.

Dighénis ne voulait pas s'attarder, sachant que beaucoup de travail était à accomplir pour administrer son domaine, rétablir son autorité en tant que futur roi de Cilicie et chasser les félons. Pourtant il s'embarqua avec Marcos faire étape à Chypre, avant de rejoindre la Cilicie Tous s'embarquèrent sur une galère pour Famagouste, les voiles poussaient le navire vers Chypre, loin des rivages de la Terre Sainte. Après quelques jours de mer, ils parvinrent à destination et furent accueillis bruyamment par la populace. La reine Plaisance d'Antioche prévenue de leur arrivée avait organisé leur venue. Elle était accompagnée de la cour, des barons francs et de Sybeline. La reine Plaisance d'Antioche congratula les combattants. Dighénis la remercia de son soutien dans cette entreprise en lui offrant un coffret richement décoré, des soieries aux nobles dames, et des tissus de moindre valeur aux dames d'atours, qui ravies de ces présents, pépiaient dans un concert bruissant de voix aiguës. Sybeline restait distante, ne voulant s'imposer et patientant pour savoir si son chevalier pensait encore à elle. Dighénis s'approcha d'elle et au regard de tous, lui offrit un ouvrage enluminé d'or dans lequel était peint de belles scènes et de somptueux paysages d'Orient et d'Occident, tout en récitant un poème épique.

La reine Plaisance d'Antioche donna de grandes festivités pour célébrer cette victoire, et le retour de Jean d'Ibelin, Marcos, Dighénis et de ces chevaliers, dont peu était mort en combattant. Les barons francs se firent bien silencieux, au déplaisir de Dighénis qui n'attendait qu'une offense pour livrer duel. A la quinzaine de veuves et d'orphelins, Dighénis attribua un important pécule, qu'aucun ne contesta.

Durant ces quelques jours de fêtes, Dighénis put apprécier les charmes voluptueux de Sybeline. Ils partagèrent balades et chevauchées tout en apprenant à s'apprivoiser. Sur les demandes pressantes de Sybeline, Dighénis conta ses passes d'armes contre les mongols. Devant partir pour la Cilicie, il demanda à Sybeline d'être sa femme devant Dieu, et pris d'une folie que l'amour pouvait justifier, et des compromis de raison, ils firent la cérémonie en présence de la reine Plaisance d'Antioche et de ses barons dont Jean d'Ibelin sous les acclamations et les vivats de ses compagnons d'armes et d'une foule venue admirer ce vaillant chevalier de réputation si grande. Courant en tous sens pour offrir de somptueuses épousailles et perdant parfois son incroyable patience devant les moindres manquements, le courageux soldat redevenant l'habile et exigeant marchand, Marcos leur fit des préparatifs dignes d'un prince en moins d'une semaine.

Dighénis fit ses adieux, jurant de revenir voir Marcos, ce frère qu'il n'avait jamais eu. Il s'embarqua à Famagouste avec sa jeune épouse, une trentaine de chevaliers, armes et bagages pour la Cilicie. Ils naviguèrent durant deux jours sur une mer paisible, poussés par des vents venus d'Orient. Dans la galère, Dighénis et Sybeline regardaient l'horizon barré d'un haut rempart : le Taurus. Et au fur et à mesure que le navire s'approchait des côtes, la roche s'élevait en une suite de hauts pics. De nombreux cours d'eau descendaient des montagnes, serpentant dans les plaines pour venir se jeter dans la mer. Des taches sombres dans la plaine et sur les flancs des montagnes indiquaient des villages, faits de maisons de pierres de taille et de bois ouvragé. Du vert reflétait les épaisses forêts, dans lesquelles le gibier abondait.

Une vie laborieuse s'annonçait, celle qui consisterait à administrer son royaume avec justice, à le faire prospérer et le conserver intact face aux affres de la guerre, à la volonté de vengeance des troupes mongoles chassées, à l'expansionnisme des mamelouks, aux rivalités des communautés et aux excès des religions. Dighénis allait devoir punir les sbires de Héthoum Ier. Ils allaient devoir justifier leurs traîtrises envers le peuple de Cilicie.

Dighénis pensif, s'interrogeait à savoir si le chevalier vaillant et téméraire pourrait devenir un gardien de la paix. Il avait plus de crainte que sur n'importe lequel des champs de bataille. L'objet de la guerre n'est-elle pas la paix ? Mais en présence de Sybeline, tout devenait possible. Quittons-les maintenant, leurs cœurs débordant de joie, et leur avenir brillant d'espoirs et de promesses. Les rêves parfois se fatiguent et s'endorment sur le chemin de la vie. Il n'en fut rien pour eux, car leur destinée devint belle et noble, à tel point que beaucoup s'émerveillaient encore devant leur grandeur.

Louis IX : Saint-Louis, mémoires de croisade

Dix années auparavant...

En l'an de grâce 1249, le roi Louis IX tombe gravement malade à Pontoise. Agité de convulsions, affaibli, le roi se meurt lentement. Les remèdes de nourriture et les traitements de plantes n'y firent rien. Le roi fit alors le serment de s'ordonner aux œuvres de dieu s'il parvenait à vivre.

- Celui qui se lève d'en haut m'a visité par la grâce de dieu et m'a rappelé d'entre les morts, proclama le Roi.

Le miracle de la guérison eut lieu. Rétabli, Louis IX fit honneur à sa parole en envoyant de tous les côtés une circulaire écrite, convoquant la noblesse en parlement, avec son sceau. L'écrit portait qu'il fallait délivrer le Saint-Sépulcre, la Palestine, Jérusalem, les lieux saints et combattre le faux prophète, et ceux qui menaçaient les nations chrétiennes de mort. Il crut au miracle. Emporté par son exaltation et sa ferveur, il se proclama l'épée du Christ, le bras de dieu sur terre.

Louis IX avait le visage plein de majesté, des cheveux de blé et se trouvait souvent richement vêtu. Il connaissait parfaitement ses attributs et ses devoirs de roi, des lettres à l'art du combat. Le roi de France incarnait le chevalier chrétien, cavalier émérite, autant capable de converser de théologie que de conduire une armée, sachant imposer aux barons sa volonté après avoir lavé les pieds des pauvres. Il n'est pas donné à l'homme de porter plus loin la vertu [1]. Louis IX était un roi de piété et de sagesse. Il prépara les croisades avec minutie durant trois années, prêchant le devoir de se croiser. Beaucoup de seigneurs, y compris les frères du roi, Robert d'Artois, Charles d'Anjou et Alphonse de Poitiers, et aussi nombre d'évêques et de simples gens prirent la croix. Les vassaux, parents et compagnons répondirent à l'appel de leurs seigneurs. L'armée se leva et l'ost* se renforça de jour en jour. En organisateur prévenant, Saint Louis s'assura du destin de la France pour sa prochaine absence. La couronne de France ne disposant ni de Marseille, ni d'autres ports, Saint Louis commanda la construction du port d'Aigues-Mortes. Il fit fortifier le paisible village de pêcheurs, de tours et de remparts, pour protéger ses troupes et assurer leur embarquement en méditerranée. Le roi partait en guerre pour rétablir la justice de Dieu sur terre, assurant un soutien matériel, spirituel et armé aux pèlerins.

En l'an de grâce 1248, le départ étant proche, le roi restait d'une sainte impatience, et malgré les exhortations de ses proches, il restait impassible.

- Sire, mon roi, disait l'évêque, rappelez-vous qu'au moment où vous avez fait votre vœu, vous étiez malade et, pour dire vrai, hors de sens : c'est pourquoi vos paroles ne vous engagent point ; le seigneur pape vous relèvera volontiers de votre serment, comme l'exigent le salut de votre royaume et votre propre santé.
- Vous assurez, que le trouble de mes sens a seul été cause que je prenne la croix ? Voici donc que je la dépose, comme vous le souhaitez et le conseillez, répondit le roi en arrachant sa croix devant l'assemblée de ses gens et familiers.
- Mes amis, maintenant je ne suis plus malade sans doute, ni hors de sens : je requiers donc qu'on me rende ma croix ; celui qui n'ignore nulle chose sait qu'aucune nourriture dans ma bouche n'entrera, jusqu'à ce que la croix soit placée sur mon épaule.
- C'est le doigt de Dieu, ne nous opposons plus à sa volonté, s'écrièrent tous ceux présents.

Les préparatifs de la croisade étant achevés, le roi se rendit à Aigues-Mortes où la flotte royale patientait. Elle était composée de trente-huit grands vaisseaux, et de nombreux petits assurant la logistique et l'approvisionnement des troupes. En plein été, sous un ciel lumineux, dans les chants des prêtres psalmodiant les louanges de Dieu, les voiles furent carguées. Elles se gonflèrent sous le souffle divin. L'imposante flotte prit le cap à l'est, en direction de l'île de Chypre. Les croisés ne virent plus qu'eau et ciel, le fiel des inquiétudes coulait doucement dans les veines de ceux qui quittaient leur pays natal, si envenimé par le poison des peurs d'outre-mer.

En l'an de grâce 1249, Marcos Christofia était un jeune paysan chypriote de vingt ans lorsqu'il vit débarquer les armées croisées du roi de France Louis

IX. Etant trop jeune en 1228, il n'avait connu la sixième croisade de l'empereur Frédéric II que par les souvenirs disparates et égarés de son père les jours de fête.

A Chypre, les seigneurs de Lusignan, dont le digne représentant était Henri 1er dit le Gros, dirigeait le pays de main de maître. Malgré leur aigreur, les petites gens obéissaient docilement. Ils acclamèrent l'arrivée de Louis IX avec la noblesse et le clergé. Marcos se refusait au labeur de la terre, tâches ingrates et serviles. Et comme la flotte croisée du roi de France hivernait à Limassol, Marcos par sa débrouillardise, son habileté, sa force et son intelligence réussit à devenir l'écuyer d'un noble français, Pierre de Dreux dit Mauclerc, duc de Bretagne. C'était un grand combattant ayant connu la croisade contre les albigeois, les révoltes contre la régente Blanche de Castille, et qui avait décidé de partir combattre en Terre Sainte.

En mai de l'an de grâce 1250, Marcos embarqua à bord d'un des navires avec toutes les incertitudes terrifiantes du lendemain et le désaccord familial. La nef fit voile vers l'Égypte. Après le départ, il se retrouve au cœur de la tempête. Vingt-deux jours de mer plus tard : Damiette apparaissait avec ses toits couleur du désert.

La flotte royale atteignit les côtes égyptiennes devant l'embouchure du Nil, et mit en panne à quelques encablures du rivage. Damiette était la ville protégeant l'accès de la route du Caire, capitale du sultanat et sa prise était exigée pour battre les sarrasins ; mais la ville était bien défendue. Marcos put voir des habitants vaquant à leurs occupations et des cavaliers sur la plage qui les observaient, et contempler la multitude des felouques à voiles blanches. Le lendemain, la messe en mer fut dite, le débarquement eut lieu. Les galères acheminèrent les combattants sur la grève. Marcos fut ébloui par le reflet du soleil sur les armures, par les bannières des troupes du sultan, assourdi par les cors et les timbales. Dès que les croisés furent sur la plage, des flèches et des traits commencèrent à pleuvoir. Après quelques combats sporadiques, les sarrasins se mirent à l'abri derrière les remparts de Damiette. Les croisés, en maître du rivage, commencèrent à s'installer. Marcos n'en revenait pas du spectacle auquel il assistait. Un cavalier français qui préparait son armure et s'armait avec minutie sous sa tente, s'impatienta et sortit de celle-ci pour se lancer, suivi par ses hommes d'armes, à l'assaut de la ville. Le roi de France se mit même en danger. Louis IX en colère de ne pas voir la bataille progresser, chargea, avec brio et courage les troupes sarrasines présentes gardant l'entrée de la cité. Il entraîna ses hommes dans sa fougue. Il fut remis à la raison pour éviter un désastre à la croisade. Il fut demandé prudence et discipline aux chevaliers et barons qui prenaient des risques inconsidérés mettant en péril toute l'expédition. Les cavaliers sarrasins provoquaient sans cesse les croisés. Un chevalier français vint à être en mauvaise posture après avoir chargé les sarrasins, et fut sauvé par une intervention opportune d'un jeune chevalier et de ses hommes d'armes. Le tir des archers turcs était fourni, certains croisés furent blessés. Marcos assista à une mêlée, sanglante de croisés et de sarrasins, chacun luttant âprement. Les princes français se battaient avec une étonnante courtoisie chevaleresque, et par leurs actions d'éclats prirent l'avantage de la bataille et entrèrent dans la cité dont les portes furent refermées trop tardivement. De hauts dignitaires et des émirs furent tués, les sarrasins abandonnèrent la ville et les habitants fuirent. Malgré la confusion de la bataille, ce fut une victoire incontestable, Damiette devint alors ville chrétienne.

Nous étions au début du mois de juin, la chaleur d'Egypte était accablante. Durant le soir de la bataille, Marcos rencontra Dighenis, chevalier byzantin à la tête d'un contingent restreint d'hommes. Festoyant ensemble sur les remparts de Damiette, aussi jeune et vif l'un que l'autre, ils se prirent d'amitié. Les deux hommes s'entendirent rapidement. Dighénis s'était fait remarquer par quelques illustres faits d'armes. C'était un homme fort et de caractère qui ne négligeait jamais le savoir et l'intelligence, voir la sensibilité. Marcos, n'ayant aucunement à envier la force physique de Dighenis, était de bon esprit et avait toujours le mot juste. C'était un personnage rusé et cordial, quelque peu exalté, à la soif de comprendre et découvrir, et d'une volonté à toute épreuve surtout dans la bataille. Dighenis et Marcos devinrent compagnons d'armes. Les jours suivants, les croisés attendirent des contingents d'hommes supplémentaires.

Marcos écrasa dans ses mains cette terre égyptienne que la crue du Nil apportait par ses eaux gonflées et calmes. Elles charriaient un limon noir sur les rives. Marcos allait d'éblouissements en étonnements. Il put contempler le Nil qui se partageait en rivières et canaux, véritable fleuve de vie. Il vit d'étonnants animaux : crocodiles, éléphants, antilopes et des lions. Durant les trois mois, le delta d'Égypte fut inondé. Les croisés ne purent poursuivre leurs œuvres et attendirent que toute l'armée soit réunie, laissant aux sarrasins le temps de se réorganiser et de préparer une défense efficace.

Fin de l'an de grâce 1250, l'armée royale se remit en marche, en direction du Caire. Les embuscades étaient nombreuses rendant les croisés méfiants et les incitant à être continuellement sur leurs gardes. Marcos, Dighenis et ses hommes progressèrent difficilement, protégeant les flancs de l'armée de Louis IX. Chevauchant de petits chevaux, à l'allure élancée, des cavaliers musulmans les harcelèrent sans cesse, allant et venant en tirant des flèches, et se dérobant aux derniers instants pour échapper aux cavaliers francs, ce qui les rendait furieux. Les chevaliers croisés ne pouvaient qu'insulter à outrance la couardise de leurs adversaires. Les templiers firent une sortie contre les cavaliers musulmans qui eut beaucoup de succès.

Les moines soldats, frappés d'une croix pattée rouge, le visage recouvert d'un heaume d'acier, ayant le plus souvent les cheveux ras, rarement lavés, puant la sueur et la poussière, protégés de leur cotte de maille, portant armes et armures, combattaient avec une grande bravoure et une volonté inaltérable dans la lutte contre les infidèles.

Les hommes étaient fatigués lorsqu'ils atteignirent un bras du Nil à proximité de la ville de Mansourah. Des fossés furent creusés pour délimiter un camp où l'ost* s'installa. Les croisés déployèrent leurs machines de guerre, tentant de créer une chaussée pour traverser le Nil, deux beffrois furent élevés pour protéger les travailleurs, les hautes tours de bois vert, coupé dans les forêts voisines étaient protégées de chats*, elles furent tirées par des cohortes d'hommes à l'aide d'épais cordages pour les amener au plus près de la rivière. Des claies et des panneaux de bois furent posés pour protéger les guetteurs, des flèches venaient parfois s'y planter avec force. Des mangonneaux et des trébuchets furent installés derrière, les projectiles passaient au-dessus des têtes des croisés en atteignant rarement leur ennemi. Le soir venu, nous vîmes que les machines de guerre des sarrasins étaient plus performantes que celle des croisés.

Dighenis affronta ainsi son premier dragon sur la terre d'Égypte, les sarrasins usèrent du feu grégeois contre les beffrois. Dans la nuit, des boules de feu furent crachées, et les langues enflammées firent d'importants dégâts et des blessés. Des barils de matières inflammables explosaient, faisant pleuvoir des traînées incandescentes. La lumière semblait apparaître plus claire qu'en plein jour.

Dighenis avait été un combattant de l'armée byzantine. Il était méticuleux et ordonné. Pronoiaire*, il régissait une ville, des villages et d'immenses terres en Cilicie, dans la vallée de l'Euphrate. Il s'était engagé dans l'armée de Louis IX, non par haine de ses frères musulmans qu'il respectait profondément, mais pour que son nom marque l'histoire de ses prouesses, pour que l'on chante ses vaillances durant plusieurs années, il avait choisi le chemin des batailles pour la renommée. Dighenis voulait vaincre avec péril pour triompher dans la gloire, mais il ne savait pas que ce qu'il appelait gloire aujourd'hui allait devenir son fardeau. Il avait l'expérience du combat, ayant participé à plusieurs batailles, il enseigna son savoir-faire à Marcos, il tentait de lui montrer les coups à porter, les parades, les armes et lui fit comprendre les dangers d'une bataille. En novice, Marcos écoutait et assimilait avec une grande intelligence.

Ce fut lorsque les troupes françaises, ne pouvant franchir le Nil avec la chaussée, même après plusieurs tentatives infructueuses, l'eurent passé à un gué, que les combats débutèrent. Marcos vit tout l'intérêt des instructions et des conseils de ses compagnons d'armes et du seigneur Dighénis. Ils suivirent les templiers et de nombreux combattants, dont l'orgueilleux comte Robert d'Artois. Impatient d'en découdre, celui-ci vint à enfoncer les troupes musulmanes. Le combat fut violent, les croisés traversèrent le camp sarrasin, tranchant les hommes de leur épée. Dighenis et ses hommes y trouvèrent des chevaux et des armes, des bijoux et de l'argent. Malgré la fatigue des hommes, les chevaliers s'engagèrent à l'intérieur de la ville. Dès que les troupes croisées dépassèrent les hautes murailles, les herses et les portes de la ville furent fermées et fortement gardées par les musulmans. Le filet resserrait ses mailles. Des mamelouks turcs qui s'étaient regroupés sous le commandement d'Al-Malik ad-Dîn Baybars, dit Baybar l'arbalétrier, contre-attaquèrent. Marcos et Dighenis se battirent avec hardiesse et courage, tuant un émir fort connu et craint.

A l'intérieur de la cité, c'était la panique et le désordre face aux sarrasins plus nombreux. Beaucoup de croisés, de templiers et de chevaliers moururent l'épée à la main. En martyrs de la chrétienté, ils furent taillés en pièces sans l'once d'une pitié, ni indulgence.

Dighenis et Marcos durent lutter avec férocité pour conserver leur vie, dans les ruelles tortueuses de Mansourah, poursuivis par les sarrasins. Ils furent blessés tous les deux à maintes reprises. Dighenis reçut un violent coup d'épée à l'épaule gauche, les anneaux de la cotte de maille lui pénétrant dans les chairs tout en arrêtant la lame, il saignait aussi abondamment de l'arcade et s'étant cassé un doigt de pied, une douleur ardente le brûlait à chaque pas. Marcos quant à lui, saignait de la jambe et du bras gauche, de deux entailles peu profondes. Ils furent traqués et pourchassés tels des animaux sauvages blessés à la chasse. Les croisés comprenant l'issue fatale des combats, se regroupèrent pour faire face. Certains refusèrent de fuir et moururent. Les rescapés franchirent le fleuve pour échapper aux sarrasins, celui-ci étant long et large, et nombreux s'y noyèrent en tentant la traversée, les armures les entraînant au fond des eaux.

Marcos et Dighenis auraient perdu la vie à plusieurs reprises sans entraide, et c'est grâce à elle qu'ils parvinrent à échapper in extremis au carnage que devait subir l'avant-garde menée par le Comte d'Artois. Dighénis en voulut à cet homme, qui faisait autant cas de son honneur personnel que de la sécurité de ses troupes. Il condamna fermement la sottise du Comte Robert d'Artois, qui mourant les armes à la main précipitait dans le néant toute l'avant-garde, près de deux mille chevaliers des meilleurs de l'ost.

Dighénis comprit ce jour plus encore ce qui émergeait depuis quelques années en son esprit. Devant le carnage perpétré, il fut convaincu que ce n'était pas la massue, l'épée, ou la lance du preux chevalier qui décidait du sort de la bataille, mais la raison et la réflexion. Le vainqueur de ces grandes batailles était l'ordonnateur qui savait choisir le moment opportun de la charge de cavalerie, gérer ses réserves de combattants, coordonner les corps d'armée, les faire intervenir en fonction de l'adversaire et des obstacles à affronter et comprendre quelles seraient les difficultés à surmonter, et non mourir inutilement.

L'armée de Louis IX luttant avec les sarrasins dès le passage du gué ne put intervenir pour les secourir. L'armée luttait fermement à repousser les assauts répétés des musulmans. Les croisés parvinrent à s'établir devant Mansourah après une lutte acharnée. Dighenis et Marcos ainsi que trois autres chevaliers tentèrent la traversée du fleuve, allégés du poids de leurs armes et de leurs épaisses protections. Ils furent recueillis par des croisés sur la rive opposée.

Saint Louis et son armée étaient devant la cité de Mansourah en Égypte. Les tentatives des seigneurs francs de prendre la ville s'avérèrent très coûteuses en vies humaines. Beaucoup de guerriers français furent tués en combattant avec bravoure.

- Tout ce que je sais, c'est qu'il est maintenant au paradis, affirma le monarque en nommant le preux chevalier, le comte Robert d'Artois.

Après ces affrontements sanglants, le moral était triste. Le grand nombre de souffrants rendait toute retraite rapide vers Damiette compromise. Le chant des musulmans fêtant la victoire dans la joie sur les rives opposées du Nil, aux pieds des remparts de Mansourah, se changeait aux oreilles des croisés en une infamie. Les jours suivants, ne leur laissant aucun répit. Les sarrasins harassèrent continuellement les croisés, ne leur octroyant aucune pause pour restaurer leurs forces. Le lendemain, le carême fut célébré. Quelques jours s'écoulèrent, étrangement calmes.

Un matin, une agitation inhabituelle et frénétique s'empara du camp des croisés. Le branle-bas de combat sonna, annonçant de nouveaux affrontements. Malgré leurs blessures à peine pansées, Dighenis, Marcos et beaucoup d'autres soldats furent mis à contribution pour édifier des palissades supplémentaires. Ils creusèrent de nouveaux fossés et renforcèrent les défenses autour du camp. L'armée des infidèles vint, elle apparut un matin en des milliers d'hommes dans la plaine, trois épais bataillons noirs.

Les armures vêtues, les insultes aux lèvres, les armes affûtées, les flèches encochées, les croisés patientèrent jusqu'à ce que l'assaut soit donné. Le son des cors et des tambours, le martèlement du galop des chevaux et les cris des hommes résonnèrent dans la vaste plaine en une clameur paralysante. Des projectiles enflammés répandirent l'épouvante dans le camp des croisés. Des soldats en feu enfermés dans leurs armures se débattaient en gestes fous et hurlaient de douleur, pétrifiant de peur les soldats. Les premières vagues de fantassins sarrasins vinrent se briser sur les défenses des croisés. Certains parvinrent habilement à les franchir, d'autres les suivirent. Les combattants s'affrontèrent dans de violents corps à corps. Des nuées de flèches pleuvaient, ne distinguant ni les croisés, ni les infidèles. D'importants groupes de cavaliers sarrasins parvinrent à s'infiltrer dans le camp, ce fut alors un chaos indescriptible. Partout, les croisés étaient en difficulté face au nombre des assaillants. Les chevaliers français malgré la mort qui les emportait dans ses griffes acérées, conservaient une conduite exemplaire qui leur faisait honneur. Dighenis et Marcos, luttant sous les ordres de Jean d'Ibelin, combattirent avec une telle férocité pour protéger le retranchement des croisés, qu'aucun des assauts des sarrasins ne put venir les réduire. Dighenis, portant une épée et son bouclier frappé d'un lion, combattit avec une telle ténacité qu'il en effrayait ses adversaires. Il défendit Marcos au péril de sa vie, blessé par un léger coup de sabre reçu en plein visage, et dont les forces périclitaient. Les croisés défendirent leurs retranchements jusqu'à ce que la retraite des sarrasins annonce la fin de cette meurtrière journée.

Les jours suivants, ce ne fut qu'une longue suite d'escarmouches. Plus que les combats, la maladie décimait les rangs des croisés. Les soldats vivaient dans des conditions d'hygiène déplorables, beaucoup furent touchés par des affections venues des eaux. Le manque de nourriture s'ajouta au râle des blessés. Les morts furent nombreux. Les corps sans sépultures, pourrissaient en plein soleil ou dans les eaux du Nil. Le fleuve propageait les miasmes de la maladie, décimant l'armée. Louis IX vint à tomber malade. La retraite fut ordonnée. Le monarque eut pu échapper aux mains des infidèles, soit à cheval, soit en bateau par le Nil, mais il ne voulut jamais abandonner ses troupes qui cheminèrent à pied vers Damiette. L'ost du roi, si remarquable de grandeur et de grâce auparavant, n'était plus qu'une armée d'ombres aux corps décharnés, aux visages livides et aux âmes souffreteuses. Pourtant, malgré les maux endurés, les défections se firent rares, chacun vivant cela avec abnégation.

Les sarrasins passèrent à l'attaque sur le Nil en aval des retranchements de l'armée croisée, y voyant un moyen de les affaiblir en les privant d'approvisionnement. Des bateaux furent transportés à dos de chameaux et mis à l'eau. La flottille de barques tendit une embuscade, surprenant les bateliers francs. La lutte fut féroce mais inégale. Rapidement les sarrasins s'emparèrent de plus de cinquante navires chargés de denrées. Un navire, par un coup du sort y réchappa, prévenant le roi et les seigneurs francs que le fleuve était aux mains des sarrasins. A cette nouvelle, la stupeur et l'effroi gagnèrent les combattants croisés. Qu'allaient-ils devenir ? Encerclés de tous côtés, ne pouvant recevoir ni renforts, ni nourriture, les croisés étaient condamnés. La famine accrue annonçait la fin. Le roi à la vue de tant de souffrance endurée par ses soldats, au regard de son armée à genoux, vint à envoyer un émissaire pour parlementer avec le sultan d'Égypte, mais les pourparlers échouèrent. Le roi commanda de poursuivre la retraite vers Damiette, ils opérèrent avec intelligence durant la nuit et quittèrent leurs retranchements, c'était sans compter la perfidie des sarrasins qui ayant entendu leur départ, semèrent la panique en profitant de la confusion. Ils menèrent des raids meurtriers et saccageurs, agressant continuellement l'arrière-garde de l'armée croisée. Dighénis et son compagnon d'armes Marcos, et d'autres chevaliers se battirent vaillamment. Ils dispersèrent les infidèles à coups de lance, d'épées et de massues. Piqué de flèches et blessé par les nombreux combats précédents, Dighénis qui affrontait parfois seul des groupes de fantassins et de cavaliers, fut affecté de voiles noirs s'étirant à ses yeux, à plusieurs reprises il se croyait tombé définitivement, mais chaque fois il se relevait. Certains chevaliers se battirent jusqu'à ce que la mort les étrangle. Ils offrirent par le sacrifice de leur vie, plus de temps pour évacuer les troupes et sauvegardèrent la vie du roi Louis IX. Les combats étaient rudes, et les lendemains incertains.

Retranchés sur une colline, Dighénis et de nombreux chevaliers francs résistaient avec bravoure aux assauts des sarrasins, protégeant la retraite des lambeaux de l'armée de Louis IX, Dighénis digne combattant aux exploits de bataille contés. Marcos avait été fait preux chevalier par la personne même de Saint roi Louis IX. Jean d'Ibelin seigneur franc, était honorable dans la défaite. Il ignorait que son fils Guy était venu au monde. Tant d'autres chevaliers, se trouvaient rassemblés, luttant côte à côte, souvent blessés, mais le courage haut.

Un émissaire du roi vint, criant :

- Seigneurs, chevaliers français, rendez-vous, le roi est prisonnier et le mande ; ne le faites pas tuer.

Abasourdis par cette nouvelle, voulant éviter la mort du roi, tous les chevaliers et les soldats croisés abandonnèrent leurs armes, et se rendirent aux infidèles. Ils furent défaits, certains furent tués, d'autres égorgés ou enchaînés. Tromperie et traîtrise étaient pourtant les maîtres mots : le roi n'était pas prisonnier, mais la fin du combat par les seigneurs francs le permit. Ce fut une barbarie innommable, la gloire des vainqueurs fut prétexte à toutes les violences : insultes et vexations, pillages et meurtres. Dighénis fut pieds et poings liés, battu avec force à de nombreuses reprises. La vie humaine ne valait que peu de choses en ces jours sombres, les soldats défaits étaient massacrés, sans pitié aucune. Seuls les chevaliers étaient épargnés parce que la rançon leur donnait plus de valeur, vivants que morts. Dighénis, grâce à sa connaissance de la langue et des coutumes sarrasines, racheta chèrement sa liberté et celle de Marcos à l'émir Al-Malik ad-Dîn Baybars, dit Baybar l'arbalétrier, jamais son compagnon d'armes ne le sut. L'air iodé de Damiette était doux après celui, brûlant du déshonneur et de la captivité qui venait d'incendier un cœur si ardent.

L'armée était décimée, les rescapés se regroupèrent à Damiette. Le nombre de combattant tués était estimé à plusieurs dizaines de milliers de soldats. Le sultan d'Égypte exultait, proclamant à qui voulait l'entendre :

- Le Tout-puissant a changé sa tristesse en joie, c'est à lui seul que nous devons la gloire de nos armes ; les faveurs dont il a daigné nous combler sont innombrables, et la dernière et la plus précieuse de toutes, Dieu nous a fait remporter une victoire sur les chrétiens.

Sous la garde des troupes sarrasines, le roi Louis IX fut reconduit au Caire. Dans le palais du sultan, il fut confié à la garde de l'eunuque Sabyh. Le roi Louis IX était un homme pieux, aussi saint que roi, aussi roi que saint, pensant qu'un roi n'est qu'un modeste intermédiaire entre Dieu et les peuples. Cet homme juste méprisait et condamnait les mauvaises actions. Dans sa détention, il lisait le livre des psaumes :

- Je dirai de l'Eternel qu'il est mon refuge et ma forteresse, mon Dieu en qui je me confie! (7), récitait le roi, invoquant chaque jour le très Haut pour demeurer sous sa protection.

Homme honnête, Louis IX était respecté de ses ennemis qui le traitèrent avec déférence, presque amitié. Les dignitaires voulurent obtenir des engagements pour le retrait des troupes des états croisés, le roi refusa. Les territoires n'étaient pas sous sa juridiction, il ne pouvait donc en disposer. Malgré toutes les menaces que les vainqueurs musulmans tentèrent d'exercer sur sa personne, aucune ne le toucha. Le roi était profondément affecté par le sort de son armée captive dans la cité de Damiette. Derrière ses fortifications, les fragments de l'armée déshonorée étaient perdus, ne sachant quelle décision prendre. Sans leur pâtre, le troupeau des soldats croisés était égaré. Ils restèrent dans la cité où régnaient le découragement et la crainte. La peur se lisait sur les visages défaits et émaciés par la fatigue, la faim et la souffrance. Ils ne savaient s'ils pourraient être à nouveau libres, et voguer vers les côtes de France. Au regard de la situation, le roi Louis IX et ses barons, les seigneurs francs, allaient devoir négocier leur libération dans une position désavantageuse.

Les tractations débutent entre le roi de France, qui veut préserver la vie de ses barons et soldats, et les infidèles. Dighénis et Marcos étaient dans la ville de Damiette, vaste prison où est enfermé l'ost décimé.

Le sultan du Caire exigea du roi une forte somme d'argent pour la libération du roi.

- Un roi de France, ne se rachète point pour de l'argent : on donnera la ville de Damiette pour ma délivrance, et le million de besants* d'or pour celle de mon armée, assura Louis IX
- Qu'il en soit ainsi, accepta le sultan d'Égypte.

Dans la cité de Damiette, ne sachant rien des négociations, le désespoir avait envahi le cœur des croisés, Marcos et Dighénis étaient harassés de fatigue.

Dans la souffrance, ils conservaient difficilement leurs honneurs, ne laissant pas entrevoir les maux de leurs corps et de leurs âmes. Et c'est un vieux musulman qui les éclaira de ses paroles :

-   Félicitez-vous de souffrir pour votre Dieu : vous êtes bien loin encore de souffrir pour lui autant qu'il a souffert pour vous. Placez votre espérance en lui, et, s'il a pu lui-même se rappeler à la vie, il ne manquera pas de puissance pour mettre un terme aux maux qui vous accablent maintenant.

Et le dieu des chrétiens montra son pouvoir, en frappant d'anathème les vainqueurs. Le sultan s'enorgueillissait de triomphe, festoyant avec excès, s'accaparant toute la gloire de la bataille, s'enivrant de sa victoire et des louanges venant de tous lieux. Pourtant la révolte grondait au cœur de son empire. Le mécontentement de ses ministres remplacés par de jeunes favoris sur la seule volonté du sultan, et les persécutions infligées par ses caprices, furent le feu qui alluma l'incendie dévastateur. Les mamelouks qui avaient une grande influence et beaucoup de pouvoirs dans la société égyptienne et au-delà, passèrent à l'action par les armes. Les comploteurs décidèrent de trancher la tête du pouvoir.

Lors d'un grand banquet, donné par le prince à ses sujets, les félons attaquèrent le sultan. Sous la menace et seulement blessé à la main par l'émir Al-Malik ad-Dîn Baybars, le sultan s'échappa, se réfugiant dans une tour de bois, et en ferma la porte. De la fenêtre, tantôt implorant des secours, tantôt demandant aux conjurés ce qu'ils exigeaient de lui, ses paroles se perdirent dans le tumulte. Mille voix lui criaient de descendre : il hésitait, il gémissait et il pleurait, indignes supplications d'un prince. Des pierres furent jetées pour le faire taire, des flèches s'écrasaient contre la tour, et le feu grégeois fut utilisé pour le déloger. L'incendie se répandant, le sultan tenta d'échapper au châtiment de la mort en se jetant dans le Nil du haut de la tour. Dans le fleuve, il tenta de rejoindre le bord de navires proches, mais les flèches lancées du rivage l'en empêchèrent. Revenant sur la terre ferme, il implora :

-   Je ne veux plus de l'empire, laissez-moi, laissez-moi. Ô musulmans, n'y a-t-il donc parmi vous personne qui me défendra et me sauvera ?

Baybar l'arbalétrier, froid et sans scrupule, djinn sur la terre des hommes, leva son sabre et lui asséna un second coup, le sultan, ensanglanté, se jeta dans le Nil pour échapper à ses bourreaux. Des mamelouks le poursuivirent dans l'eau. Baybar, pour toute réponse à ses supplications, lui planta son sabre dans l'épaule. La lame pénétra jusqu'à l'aisselle. Le corps fut ensuite traîné dans l'eau à l'aide d'un harpon. Le corps resta abandonné trois jours sur le bord du fleuve, complètement tuméfié, sans que personne n'eût le courage de lui donner de sépulture. Le sultan d'Égypte était mort, lui qui ne sut ni régner, ni mourir. Il était mort par le fer, le feu et l'eau.

Alors débuta, une répression féroce pour traquer tous ceux qui pourraient être un obstacle aux pleins pouvoirs des mamelouks. Les croisés retranchés dans Damiette et le roi Louis IX prisonnier ne comprenaient pas la situation. Les mamelouks offrirent les chrétiens à la vindicte populaire qui criait vengeance. La dernière heure des chevaliers francs était venue. Ils se préparèrent calmement à la mort demandant l'absolution de leurs péchés, et comme le prêtre ne pouvait les entendre tous à la fois, ils se confessèrent les uns aux autres : Jean d'Ibelin, connétable de Chypre, se confessa ainsi à un autre seigneur franc. Mais la valeur de ses hommes fit stopper les sombres projets des mamelouks. La cupidité l'emportant sur le goût du sang.

Le roi et les barons furent libérés. Quant à l'armée franque, elle fut conduite en captivité au Caire et elle serait relâchée après paiement de la rançon. Le roi Louis IX libéré, les mamelouks exigèrent sa parole :

-   Si je manque à mon serment, je serai semblable à celui qui renie son Dieu, qui crache sur la croix et la foule aux pieds, avait dû jurer Louis IX.

Mais il n'en fit rien, et décida d'évacuer la cité de Damiette. Tous les malades, les blessés et les soldats valides s'embarquèrent sur le Nil. Dès que les mamelouks surent cela, ils entrèrent dans la ville, massacrèrent les malades intransportables, pillèrent les maisons, livrèrent aux flammes les machines de guerre et tous les biens appartenant aux chrétiens. Voguant vers Saint Jean d'Acre avec toute l'armée royale, Marcos et Dighénis virent, dans la galère fuyant les côtes égyptiennes, les panaches de fumée s'élevant au-dessus de la ville et les étendards musulmans flottant sur les tours et les remparts. Les victoires de l'islam furent à la fois célébrées par des discours prononcés dans les mosquées et par les chants des poètes répétés dans toutes les cités musulmanes :

- O monarque des Francs ! Tu voulais envahir l'Égypte et t'emparer de ses richesses ; tu croyais, dans ton orgueil, que les forces qui la défendent se dissiperaient comme la fumée ou comme une ombre vaine : que sont devenus tes guerriers ? Où les a conduits ton imprudence ? Cinquante mille hommes faits prisonniers, tués ou blessés, voilà le fruit de ton entreprise. O roi des Francs ! Si tu conserves l'espoir de venger ta défaite, si quelque dessein téméraire te ramène dans notre pays, n'oublie pas que le palais du sultan, qui te servait de prison, est encore prêt à te recevoir. Souviens-toi que les chaînes que tu as portées et l'eunuque Sabih qui te gardait, sont toujours là qui t'attendent.

Port des états croisés de Jérusalem, situé sur un éperon de grès et de sable, Saint Jean d'Acre était l'escale la plus sûre pour la flotte royale affaiblie. Pourtant à cause du peu de profondeur, les plus grosses galères durent mettre en panne à l'extérieur du port et des barques furent utilisées pour que les soldats puissent rejoindre le quai. Marcos et Dighénis débarquèrent, restant stupéfaits devant cette cité cosmopolite et grouillante de vie. Une foule d'arméniens, de francs, de grecs, d'italiens, de juifs et d'arabes envahissaient les bazars. Mille richesses se dévoilaient au regard, protégées derrière de hauts murs et de puissantes fortifications. Les ruelles s'enchevêtraient dans un lacis indéchiffrable. La rue principale, artère commerciale de la cité, partait de la cour de la Chaîne qui faisait office d'entrepôt et de marché. De chaque côté de cette rue, qui menait jusqu'aux portes principales de la ville, les marchands d'Italie et de Provence se disputaient âprement le négoce. La rivalité entre Génois et Vénitiens éclatait souvent en rixes. La ville de Saint Jean d'Acre était ainsi divisée en quartiers contrôlés par des marchands venus de tout le pourtour méditerranéen. Des églises s'élevaient à chaque angle de rue. En déambulant, Dighénis et Marcos gardaient la main sur le pommeau de leur épée. La grandeur de la cité s'exposait aux aventuriers de toutes les terres, venant de toute l'Europe. Ses nouveaux venus comprenaient nombre de criminels, car les tribunaux bannissaient les assassins et les voleurs en Terre Sainte, pour le salut de leur âme et plus encore pour la quiétude des bonnes gens. Saint Jean d'Acre était une vaste colonie pénitentiaire à ciel ouvert. Les ordres religieux militaires en étaient les gardes chiourmes, endiguant le vice et la dépravation. Les hospitaliers avaient leur quartier général, les templiers leur château et les chevaliers teutoniques leur hôpital.

Lorsque l'ost décimé du roi vint s'installer dans la cité de Saint Jean d'Acre, ce fut une effervescence. Les croisés se réjouissant d'être encore vivants, festoyèrent avec ostentation et bruit. Pour le roi Louis IX, la situation de son armée ne justifiait aucun amusement, bien au contraire. Le roi était en Orient, et manquant de troupes, il lui était dans l'impossibilité d'entreprendre quelque action que ce fut contre les infidèles. Ne voulant pas nier son vœu de croisade, fait mourant sur son lit, le roi usa de l'unique moyen qui restait en sa possession : les finances du royaume de France. Disposant d'importantes mannes financières, il fit entretenir, relever et agrandir toutes les fortifications des places fortes des états croisés bordant le littoral, et les châteaux forts qui commandaient la campagne aux alentours de Saint Jean d'Acre. Dighenis s'accommodait fort bien à Saint Jean d'Acre. Il appartenait à l'Orient par les coutumes, les tournures d'esprit, le sens du marchandage et les palabres.

Un jour, des envoyés ismaéliens vinrent. Ils apportaient un message de leur seigneur Alâ ad-Dîn Muhammad. Celui-ci dirigeait la puissante secte des ismaéliens, disciples de Hassan ibn Al-Sabbah, mouvement réformateur de l'Islam chiite. Ils formaient la secte des assassins. Particulièrement puissante, elle disposait de larges territoires proches des états croisés, de forteresses et de troupes nombreuses.

> - Notre seigneur Alâ ad-Dîn Muhammad nous envoie vous demander pourquoi, le connaissant, vous n'avez point offert de présents, pour en faire votre ami, ni témoigner du respect comme l'empereur d'Allemagne, le roi de Hongrie, et tous les autres qui le font tous les ans, dirent-ils en apportant trois couteaux et un linceul en signe de défi.

Le roi, sans témoigner ni étonnement, ni déplaisir de cet insolent message, fit renvoyer les envoyés l'après-midi, et exigea leur patience pour sa réponse. Dès que les ambassadeurs ismaéliens quittèrent la salle du château, Louis IX devint furieux, il manda aux maîtres des templiers et des hospitaliers de venir prestement. Lorsque les émissaires reparurent, les deux maîtres religieux, des hospitaliers et des templiers, se tenaient assis à côté du roi. Par leurs attitudes et leurs paroles, ils firent clairement comprendre aux Ismaéliens qu'ils n'étaient que leurs ascendants, que les ordres religieux protégeaient fermement la Terre Sainte. Le roi fit ainsi comprendre qu'il était prêt à mettre en marche l'armée si nécessaire. Les ambassadeurs quittèrent Saint Jean d'Acre pour délivrer le message à leur prince. Celui-ci renvoya des présents au roi Louis IX, dont une chemise et un anneau d'or, dons symboliques et incompréhensibles que les envoyés expliquèrent.

- Notre prince Alâ ad-Dîn Muhammad offre sa chemise et son anneau. Sa chemise parce qu'elle tient de plus près au corps que nul autre vêtement, notre maître, entendait en envoyant la sienne s'attacher à vous plus étroitement qu'à nul autre roi, et par l'anneau, il épousait le roi et voulait dorénavant qu'ils ne fissent plus qu'un.

A l'écoute de ces paroles, Louis IX ne put s'empêcher d'esquisser un sourire, les rituels d'Orient étaient toujours un étonnement, et ce prince des Assassins changeait apparemment bien vite d'avis. Les paroles peuvent meurtrir tout autant que les armes, alors Louis IX restait méfiant.

- Pour témoigner de notre entraide, basée sur une confiance mutuelle, une délégation va se rendre à Alamut pour apporter à votre prince des présents, assura Louis IX dont les véritables intentions étaient de mieux connaître son allié ou son éventuel ennemi.

Homme de confiance du roi, Jean d'Ibelin fut mandaté pour organiser l'ambassade. Jean d'Ibelin qui ne pouvait entreprendre le voyage, devant rentrer en France voir son fils Jean, né depuis son départ, demanda des volontaires dans l'armée du roi. Ils furent peu nombreux à vouloir entreprendre un tel périple jusqu'à la vallée de l'Ebrouz, au sud de la mer

Caspienne. En plein territoire infidèle, devant traverser des déserts, très loin des états croisés, la délégation ne pourrait compter que sur elle. Marcos et Dighénis répondirent pourtant à l'appel de Jean d'Ibelin. Au regard de sa vaillance et sa droiture à servir, Dighénis devint le second du capitaine de l'ambassade.

L'ambassade croisée, une vingtaine d'hommes d'armes, en majorité des francs, était accompagnée de nombreux chevaux et chameaux chargés de vivres et de présents, et d'une quinzaine de guerriers ismaéliens. Ils s'enfoncèrent profondément dans les terres des infidèles, le sultanat Ayyoubide. Traversant les régions arides de Syrie orientale, l'ambassade parvient au Djéziré, triangle fertile entre le Tigre et l'Euphrate. Elle poursuivit sa route vers Mossoul où les mongols étaient les nouveaux maîtres de la région. Malgré tous les écrits et les engagements des rois pour que l'ambassade parvienne à Alamut, elle n'était pas à l'abri d'une embuscade et de mauvaises intentions, les soldats restaient sur leurs gardes. Elle croisa à plusieurs reprises des détachements de guerriers nomades et de mongols qui se pourchassaient à travers les immensités. Intrigués par cette alliance entre ismaéliens et chrétiens, ils venaient s'éclairer du dessein de cette caravane. Les palabres étaient souvent longues, les hommes exigeant un bakchich, certains ne s'en retournaient d'où ils venaient que lorsque les épées sortaient dangereusement du fourreau. Ils eurent à affronter un guet-apens, où le capitaine de l'ambassade et trois soldats furent tués par les brigands. Dighénis drt prendre la tête de la délégation afin de poursuivre la mission royale.

Après trois semaines d'un périple harassant et inquiétant en parcourant des terres hostiles, l'ambassade parvint à destination. Sur des roches inaccessibles, les ismaéliens s'étaient bâti un château nommé Alamut. Il était situé sur un piton rocheux, le rendant difficilement prenable. Le seigneur des lieux, Alâ ad-Dîn Muhammad, successeur incontesté de Hassan Alâ ad-Dîn Muhammad était appelé Chayr Al-Jabal, ce qui signifiait le vieux de la montagne.

- O vous, les êtres qui peuplez les univers ! Vous, génies, hommes et anges ! Sachez que notre Seigneur est le Résurrecteur. Il est le Seigneur des êtres, il ouvre la porte de sa miséricorde, et par la lumière de sa connaissance, il fait que tout être soit voyant, entendant, parlant, vivant pour l'éternité, criait un prédicateur ismaélien du haut des remparts du château à l'approche de l'ambassade.

Les soldats croisés de l'ambassade et Marcos prirent leurs quartiers dans des dépendances où officiaient les artisans, tailleurs de pierre, charpentiers, tanneurs et armuriers. L'émissaire du roi, un fier et jeune seigneur franc, assurait la représentation du roi et Dighénis le commandement militaire de la délégation après la mort du capitaine. Ils furent conduits dans des appartements privés au château d'Alamut. Le lendemain, ils furent les seuls de l'ambassade croisée à être reçus en personne par Alâ ad-Dîn Muhammad. L'émissaire du roi qui s'enorgueillissait de comprendre plus d'une dizaine de langues dont l'arabe, demandait maintes explications à Dighénis, qui lui n'avait aucune difficulté à comprendre toutes les nuances et les différences de cette langue si différente dans chaque région. Ce noble de petit rang haïssait avec violence et préjugés les sarrasins, certain de sa supériorité de race tel il le prétendait. Les motivations de Dighénis étaient toutes différentes, il affrontait les sarrasins n'ayant nul autre adversaire pour assurer sa gloire de combattant. Pourtant, Dighénis entendait la sagesse des musulmans et des chrétiens, et savait que l'homme y est commun par ses faiblesses dans les deux communautés.

Alâ ad-Dîn Muhammad portait une longue barbe poivre et sel, il était grand et avait le visage maigre, et n'avait point d'âge. Il était connu pour être érudit, puissant et modeste. Ce prince des Assassins, si terriblement craint qu'il pouvait être, reçut Dighénis et l'émissaire du roi avec égard et prévenance, usant de beaucoup de politesse, et ce que l'émissaire du roi prit pour une faiblesse n'était que l'expression d'un profond respect.

-   Vous usez envers nous de beaucoup de prévenance, et je vous témoigne ma gratitude qui n'exprime que peu ma reconnaissance, dit sincèrement Dighénis bienveillant à respecter l'obligeance musulmane.

L'émissaire restait impassible et froid, ce qui irritait Alâ ad-Dîn Muhammad qui prenait cette distance pour insulte. Alâ ad-Dîn Muhammad leur fit visiter un jardin luxuriant, interdit à tous les initiés de la citadelle, dans lequel de jeunes femmes radieuses et souriantes se promenaient telles les houris du paradis musulman. Une immense bibliothèque leur fut ouverte. Derrière ces apparats dont se réjouissait avec exagération l'émissaire du roi, Dighénis savait que Alâ ad-Dîn Muhammad avait un empire si absolu sur ses sujets, que si les actions les plus noires devaient être commises, les disciples Ismaéliens étaient toujours prêts à les exécuter au premier commandement, et au péril même de leur vie, ce qui en faisait de terrifiants combattants.

- Qu'est-ce qui fait que vos disciples soient autant craints, ils sont paisibles et vivent de peu, je ne vois vraiment pas ce qu'ils ont de si terrible, dit ironiquement l'émissaire du roi.

Alâ ad-Dîn Muhammad qui prit cela pour une grave offense, fit venir deux disciples.

- Cours et saute, dit Alâ ad-Dîn Muhammad au premier en pointant du doigt l'un des murs fortifiés surplombant le ravin de la montagne.

L'homme sauta sans un cri. L'émissaire du roi devint pâle.

- Tue-toi, dit Alâ ad-Dîn Muhammad au second en lui tendant son poignard.

L'homme s'enfonça le couteau dans le ventre avec un sourire béat sur la face.

L'émissaire du roi était devenu blême, et resta muet. Jusqu'au départ de l'ambassade, ce fut Dighénis l'unique interlocuteur qui remit les présents, parla au nom du roi et remercia son hôte de l'hospitalité offerte. Dighénis revint vers le roi à Saint Jean d'Acre, il avait officié avec talent et en fut remercié. Le roi repartait vers son royaume. Une seigneurie fut offerte à Dighénis, il refusa mais acceptait deux navires et l'équipement pour ses compagnons nombreux. Marcos et Dighénis vécurent tant d'autres aventures. Un jour, quelques paroles lointaines rapporteront ce souffle chevaleresque à vos oreilles.

Lexique :

Les califes ayyoubides : sont les représentant de la dynastie musulmane des Ayyoubides, famille d'origine kurde et descendante d'Ayyoub. Ayyoubides se succèdent en Syrie jusqu'en 1260 et au Yémen jusqu'en 1229.

Un mâchicoulis : étymologiquement traduisible par « ce qui permet d'écouler tout ce qui écrase ». Un mâchicoulis est une percée effectuée dans le chemin de ronde et servant à jeter divers projectiles pour défendre la muraille et tuer les adversaires.

Une bretèche : petit avant-corps placé en encorbellement sur le mur d'un ouvrage défensif assurant la défense d'une muraille ou d'une porte par un tir plongeant.

Un chat : Un chat est une galerie de bois recouverte de cuir frais, permettant de protéger les assaillants des divers projectiles.

L'ost : Ce terme désigne une armée en campagne à l'époque féodale et le service militaire que les vassaux devaient à leur suzerain.

Un pronoiaire : le pronoiaire est un soldat payé par octroi de terres au lieu d'une solde en argent, et régentant de petits territoires.

Tabula : Le tabula est l'ancêtre du backgammon.

Vêpres : Les vêpres sont un office religieux, dont le nom latin vient de vespera qui veut dire soir.

Un chanfrein : Un chanfrein est une pièce, qui durant la guerre, sert à protéger la tête d'un cheval comprise entre le front et les naseaux

Un mantelet : Un mantelet est une protection constituée le plus souvent d'une large et épaisse planche de bois permettant aux assaillants de s'approcher des fortifications protégées des tirs des archers défendeurs.

Besant : le besant est une pièce byzantine d'or ou d'argent. Besant est l'abréviation de Byzantius nummus, c'est à dire monnaie de Byzance.

Allah Akbar (arabe : الله أَكْبَر) : cette formule nommée le takbir, signifie en arabe « Dieu est le plus grand ».

Une aiguière : Une aiguière est un récipient doté d'une anse et d'un bec destiné à contenir de l'eau et à la servir.

Une cogue : une cogue est un navire à fond plat utilisé dans les mers du nord au moyen âge.

L'orient latin : le terme regroupe tous les territoires sous le contrôle des croisés au Levant.

Citations :

(1) Extrait du Coran sourate 46, Al-Qhaf verset 18

(2) Extrait du Coran Sourate 109, Les infidèles

(5) Quatrain de Omar Khayam, extrait de Rubayat
Écrivain, savant et poète persan musulman 1048-1131

(6) Citation de Ibn Battûta, explorateur et érudit musulman du XIIe siècle

(7) Extrait livre des psaumes, psaume 91 de la protection

(8) Extrait du Coran Sourate 4, Les femmes verset 97

(9) Traduction de Bar-Hebraeus (<u>1226</u> - <u>1286</u>), <u>historien</u>, <u>médecin</u> et <u>philosophe</u> arabe.

(1) « Il n'est pas donné à l'homme de porter plus loin la vertu. »
Essai sur les mœurs – Voltaire

(10) Extrait du Coran Sourate 20, les pardonneurs – verset 29
Dieu ne dirige pas les transgresseurs et les menteurs » (Sourate 40, Verset 29).

(1.1.11)   Extrait de Discours de la servitude volontaire, Etienne de la Boétie

Ouvrages lus :

- Le Royaume Arménien De Cilicie – XIIe -XIVe Siècle

- Ces gens du moyen âge, Robert Fossier

- La France au Moyen âge
  De l'an mil à la Peste Noire (1348)
  Marie-Anne Polo de Beaulieu

- Les Trois vies du sultan Baïbars Jacqueline Sublet

Sources :
Compte-rendus des séances de l'Académie des inscriptions et belles lettres
Joinville et la prise de Damiette (1249)
Jacques Monfrin

L'akrite – L'épopée byzantine de Digénis Akritas
Version grecque traduite par Paolo Odorico
Edition anarcharsis

Mémoires de Jean sire de Joinville
Ou histoire et chronique du très-chrétien roi Saint-Louis
Librairie de Firmin Didot frères, Fils et Cie – 1858

Vie de Saint Louis Roi de France par le nain de Tillemont
Publiée pour la société de l'histoire de France par J. De Gaulle 5ᵉ Tome

Histoire des mongols depuis tchinguiz-khan jusqu'à Timour Bey ou
Tamerlan
M. Le Baron C. D'Ohsson 3ᵉ tome
Membre des académies royales des sciences et des belles-lettres de
Stockholm

Atlas des croisades

Jonathan Riley-Smith Editions Autrement Série Atlas / Mémoires

Histoire de France 3ᵉ Tome Jules Michelet

Histoire des Seldjoukides et des Ismaéliens ou assassins de l'Iran
Traduite du persan par M. Defrémery

Terre Sainte - Lithographies et Journal de David Roberts de la Royal
Academy

Ouvrages sur les croisades :

Les croisades vues par les arabes, Amin Maalouf
Sur la base des récits historiques, l'auteur nous raconte la vision
musulmane des diverses croisades organisées par l'église chrétienne,
point de vue différent et peu commun qui permet de comprendre plus
précisément les croisades qui débutèrent en 1096.

Ouvrages conseillés :

La vallée des rubis, Joseph Kessel
Un courtier en pierres précieuses et son ami écrivain partent en Haute Birmanie pour rejoindre Julius, l'intermédiaire local de l'acheteur. Ils se dirigent vers Mogok, ville perdue dans la jungle, dissimulée derrière les collines, loin de Rangoun. Mogok est la citadelle du rubis, la pierre précieuse la plus rare, la plus chère, la plus ensorcelante. Ils partent sur les traces d'immenses richesses disparues après la mort étrange d'un marchand.

Le phare du bout du monde, Jules Verne
Sur la pointe sud du continent américain, un phare est construit pour que les navires à voiles ou vapeur doublant le cap puissent naviguer en toute sûreté. Des pirates, pilleurs de navires, s'emparent du phare, éteignant les signaux lumineux, ils conduisent les navires à leur perte pour les rançonner. Un gardien du phare, parvenu à échapper à la mort, va tenter de stopper cette folie.

Le périple de Baldassare, Amin Maalouf
Baldassare Embriaci est un marchand de curiosités au Moyen-Orient, qui parvient à avoir entre les mains, un livre relatant le centième nom de Dieu, ouvrage rare et recherché. Le vendant à un émissaire du roi de France, il comprend trop tardivement qu'il n'aurait pas dû le vendre en cette année prophétique de la bête de 1666. Pour se racheter de sa faute, il part à la poursuite du livre.

Les chemins de Katmandou, Barjavel
Fin des années 60, de nombreux hommes et femmes décident de vivre autrement, de se libérer du diktat des impératifs de l'économie. Recherchant le bien-être et la paix intérieure, ils se lancent sur les chemins de Katmandou. L'utopie peut parfois être un cauchemar, et le lieu du rêve un purgatoire pour l'enfer.

Autres auteurs parmi tant d'autres, à lire ou relire :
Albert Camus, Rudyard Kipling, Khalili Gibran, Hunter S. Thompson, Blaise Cendrars, Normn Lewis.

Ce livre est dédié à ma femme et mes filles, et plus particulièrement à ma première fille Sybeline.

Que la liberté accompagne tes pas.

© 2020, Thomas Gautron

Édition : BoD – Books on Demand, 12/14 rond-point des Champs-Élysées, 75008 Paris.

Impression : BoD - Books on Demand, Norderstedt, Allemagne

ISBN : 9782322233380

Dépôt légal : juin 2020